血祭九一八

党宪宗 著

陕西新华出版传媒集团
太白文艺出版社·西安

图书在版编目（CIP）数据

血祭九一八 / 党宪宗著. —— 西安：太白文艺出版社，2016.4（2023.2重印）
ISBN 978-7-5513-0840-3

Ⅰ. ①血… Ⅱ. ①党… Ⅲ. ①叙事诗—中国—当代 Ⅳ. ①I226.3

中国版本图书馆CIP数据核字（2015）第215757号

血祭九一八
XUEJI JIUYIBA

作　　者	党宪宗
责任编辑	申亚妮　蒋成龙
整体设计	高　薇
出版发行	陕西新华出版传媒集团
	太 白 文 艺 出 版 社
经　　销	陕西新华发行集团
印　　刷	三河市嵩川印刷有限公司
开　　本	787mm×1092mm　1/16
字　　数	209千字
印　　张	19.5
版　　次	2016年4月第1版 第1次印刷
印　　次	2023年2月第3次印刷
书　　号	ISBN 978-7-5513-0840-3
定　　价	59.80元

虽然我没有问过我的亲娘

但我有时常常在想

也可能我在娘胎里

就听到日本帝国主义的烧杀掠抢

也可能我娘生我的时辰

日本帝国主义正在血洗着我的村庄

也可能我娘生我的地方

是中国人民抗击日本侵略者的战场

　　　　　　——党宪宗《一个诗人的自白》

前　言

历经四年，《血祭九一八》长诗终于脱稿了。

记得我上小学五年级，音乐老师王建锁给我们教唱《松花江上》。我天生五音不全，声音尽管洪亮，却不搭调，唱的歌很难听，所以平常不爱唱歌，上音乐课总是在桌子下边偷看小说。不知为什么，这堂音乐课我却学得很认真，不但全记下了歌词，而且大致能准确地唱下来。到了期末考试，音乐课考试题是唱《松花江上》，每人只准唱四句。轮到我唱时，也可能是对这首歌歌词特别偏爱的缘故吧，唱第一句"我的家，在东北松花江上"时激情就上来了，激情一上来，却跑了调。班上的同学看我唱歌激动的样子，笑得前俯后仰，但我不管，当唱到"九一八"时，全身的血似乎在沸腾，眼泪夺眶而出，再唱到"哪年哪月"，全班同学自觉地站起来和我共同把这首歌唱完。唱完之后，寂静片刻，随即教室里爆发出雷鸣般的掌声，我却趴在桌子上大声哭了。平常我的音乐课考试成绩最多是三分，这次得了五分。老师对我的评语是：声音凄凉悲壮，感情饱满，充分表现了一个在外流浪的游子国破家亡痛苦悲愤的心情。从此，我更爱这首歌了。

1

九一八这个带有耻辱的历史符号深深烙印在我的心里。

1962 年 5 月，我因事去厦门，但火车行至莱州，暴雨冲断路面，在莱州小镇上待了三天。街道仅有三百米长的小镇，四面环山，我的"山高天更小"的诗句就是从此得来的。我们住在小镇上一座四层楼高的饭店里，外面阴雨凄凄，旅客个个心急如焚。我躲在饭店的房子里满腹愁肠，无所事事，幸好在杭州买了一本小说《野火春风斗古城》，仅用了两天时间就读完了。小说中的杨晓冬、金环、银环等人物面对敌人的屠刀，大义凛然、视死如归的英雄气概让我肃然起敬，至今不忘。尤其是日本帝国主义在中国犯下的滔天罪行，在我心里埋下了难以忘却的仇恨。我最憎恨的还是那些为日本鬼子卖命的汉奸，从古至今国家民族在生死存亡关头，总有一些大大小小的汉奸卖主求荣，其结果敌我共诛，不齿于人类。在莱州的第二天晚上，旅客拥进了车站候车室，询问开车时间。车站为了稳定大家的情绪，在候车室临时组织了一个晚会，人人都出节目。第三个人就轮到我，我略加思索唱起了《松花江上》。唱歌时我眼前涌现出《野火春风斗古城》小说中日本鬼子屠杀中国人民的暴行，不由得紧握双拳，激情满怀地大声唱着，在场的人鸦雀无声，歌刚唱完，候车室就响起了一阵经久不息的掌声。回到饭店，我的心情久久不能平静，那种"羁外雨声愁更愁"的愁绪荡然无存，兴致之余，顺手写了一首诗："阴雨淅淅旅莱州，武夷深处望高楼，高歌一曲忆国耻，何日纵刀斩倭酋。"

1965 年，我看了大型音乐舞蹈史诗《东方红》，彩色新闻纪录片《革命赞歌》，大型歌舞剧影片《革命历史歌曲表演唱》后，就经常模仿电影中的镜头，一边唱《松花江上》，一边表演。从那年起，每年的9月18日早晨起来我都要唱《松花江上》，不管在地头、在学校操场，还是在饭店、在旅行的路上，从未间断。

1995年我承包了县上的白云大厦，只要到歌厅，我必唱三首歌：《松花江上》《保卫黄河》，还有电影《铁道游击队》中的插曲《弹起我心爱的土瑟琶》，有时还当众表演《松花江上》。每逢九一八国耻日，我还组织诗友朗诵抗日战争诗歌，唱抗日战争歌曲。

2000年我承包了县政府招待所，招待所地处县中心广场，对面就是县政府所在地，每年的9月18日8时我会准时用高音喇叭播放三首歌：《国歌》《松花江上》《大刀向鬼子们的头上砍去》，意在提醒人们勿忘国耻，居安思危。2005年抗日战争胜利六十周年纪念日，我写了一首将近二百行的长诗《九一八断想》，在《关雎诗刊》公开发表，并在县政协常委扩大会上朗诵。每年九一八事变纪念日、七七事变纪念日、南京大屠杀纪念日，我都在招待所大门上悬挂横幅以示纪念，哪怕全县只有我悬挂的一条横幅，我也是年年如此，从不间断。

2005年以后，反映抗日战争的电视剧、电影和关于抗日战争的书籍多起来，比较全面真实地反映了国共两党和国际友人联合抗战的史实。当时日本右翼势力企图篡改日本侵华罪恶史，祭拜靖国神社，梦想重振日本军国主义的神风，在钓鱼岛问题上大做文章。我们相当一部分国人早已忘却日本从1984年甲午海战到1945年抗日战争胜利的五十年里，给中国人民带来的无法估量的灾难。一些贪污腐败的政府官员，一些利欲熏心的商人为了几个

臭钱，做了让人难以置信丧失国格的丑事。从那时起，我思想里冒出一个念头，想写一本全面反映抗日战争的长诗。十四年的抗日战争这样一个庞大的历史事件该从何下笔，写什么，不写什么，重点写什么？拿起笔茫无头绪。经过再三考虑，我决定首先收集有关抗日战争的历史资料，认真阅读，从中梳理出脉络。为了熟悉史料，我从 2011 年起先后参观了四川樊建川抗战博物馆、哈尔滨抗日战争纪念馆、七三一部队罪行展览馆、虎头要塞遗址、九一八事变纪念展览馆、张学良故居、卢沟桥、中国抗日战争纪念馆、南京大屠杀纪念馆、五三惨案纪念馆、刘公岛甲午战争博物馆、芷江日本帝国主义投降纪念馆、八路军抗日战争纪念馆、台儿庄抗战纪念馆、衡山抗战纪念馆、祁口战役遗址等，并收集购买了大量抗日战争书籍和资料，写了反映抗日战争四十首七律诗。随后列出《血祭九一八》长诗的提纲，全诗共分为三大部分：第一部分写九一八事变前中日两国所发生的主要事件和战争。第二部分从 1931 年九一八事变到 1936 年西安事变国共两党合作。第三部分从 1937 年七七事变抗日战争全面暴发到 1945 年抗日战争的全面胜利。诗里边涉及日本侵华战争的起因和十四年抗战中的重大战役，同时列举了大量日寇在侵华战争中对中国人民犯下的令人发指的滔天罪行。诗中还专门用一章写了百姓抗战的故事，写到抗日将士殉国录一个章节，既有国民党的爱国将领，也有共产党的将领。诗中我特意提到了汉奸的话题，我从来认为汉奸比日寇更可恨。日本军队侵华战争是一场非正义的侵略战争，敌人忠于天皇，为天皇而战，为天皇而献身，认为大日本帝国主义是战无不胜的。而那些做汉奸的为了活命，为了发财，出卖民族，出卖国家，出卖祖宗，拿起屠刀杀戮自己的同胞，给国家、给军队、给人民带来不可估量的损失。假使没有那么多的汉奸，中国抗日战争或许不会打那么长时间。在汉奸一章里，我写到周作人，我们决不能因他的文章写得好，就掩盖了他做汉奸的罪行。作为当时在中国文化界有影响的文化人投靠日寇，比一个将军投靠日本当了皇协军头头的危害性更大，何况周作人当时在日寇统治的沦陷区向学生灌输大日本"王道教育"，鼓吹"大东亚共荣"，要求中国的学生效忠天皇，严重侵蚀了青少年的心灵，真是罪不可赦。

多少年来，我一个人或组织一部分诗友自觉地纪念九一八国耻日，并不是想以此唤起国人对日本的仇恨，让仇恨无休止延续。日本军国主义对中国半个世纪的侵略所犯的罪行罄竹难书，在世界侵略史上也是罕见的。何况当今的日本政府和一部分右翼势力总是梦想重建日本军国主义，否认昔日的侵华史实。日本军国主义的复活威胁着亚洲和平，世界和平。青年诗人王锋在2013年九一八纪念日曾给我发了一首诗："惊心刺耳笛长鸣，知是人间肃杀声。东国长思开战衅，神州偶喜弄箫声。剧怜枯骨填沟壑，空叹虎狼加冠缨。媚外奴羊真狗辈，正掀民屋作坟茔。"我随即和了一首"处处铁钟枉自鸣，秦淮河畔戏桨声。咄咄武士天皇道，娓娓文章李煜笙，新贵几曾识旧恨，昔人早已断长缨，白山黑水千滴泪，燕子矶边万座茔。"

重温过去的历史，是对人们心灵的一次洗涤，忘记历史，就是背叛。我们不要老沉浸在仇恨与悲痛之中，中华有志男儿报效祖国的唯一途径，就是齐心协力，用自己的青春，用自己的智慧

把祖国建设成为世界第一流强国。"不要老是在/愤怒地吼/也不要老是在/瞪着仇恨的双眼/关键在于今天/我们应该深深地反思/在那个年代/为什么出了众多的汉奸/不要老是钻进/耻辱的躯体/怨恨的眼泪/把躯体已经泡烂/关键在于今天/男儿有泪不轻弹。"

今天是日本天皇宣布《终战诏书》七十周年，日本帝国主义带血的太阳旗虽然在中国早已偃旗息鼓，但日本军国主义时时妄想死灰复燃，那些参与侵略中国和东南亚各国的战争屠夫阴魂不散，伺机复活，我从一个小学生踏上抗战之路，走了六十年，一直走到今天，我想，抗战这条路还得走下去……

党宪宗

2015 年 8 月 15 日于天下斋

目录

引　子

很早很早的时候在大汉帝国黄海的东方
有一个封闭落后的民族生活在一群荒凉的岛屿上
波涛汹涌的海水交织成他们的寒冬与酷暑
打鱼的小船常年颠簸在大海　伴随着狂风和巨浪
千里重重的海洋　隔绝了他们和邻国的来往
简单的生活方式　这个民族的人们没有过多的奢想
恶劣的海洋环境　铸造了民族强悍的性格
贫瘠的地理环境　激发起民族向外扩张的欲望
我们大汉民族　自古有大国的胸怀和风度
用一衣带水美好的词语　赞誉着隔海相望的邻邦
有一首歌赞美我们两国深厚的友谊
云连着云　海连着海　风跟着风　疆连着疆
大国和小国同顶着一片蓝蓝的天空
黄色的皮肤共沐着一个红彤彤的太阳

也可能出海打鱼的渔民给邻邦送去华夏的文明
也可能秦始皇派去的五百童男童女给这个民族送去新的希望

小小岛国第一次向大汉帝国派来使者 踏波蹈海

万里迢迢　登上世界最强大的大汉帝邦

洛阳三月花犹锦　人似潮水马如龙的繁华景象

东来的使者目瞪口呆　犹如到了梦中的天堂

汉光武帝刘秀赐给使者剑 镜 玉三件宝物

两千多年三件宝物仍然是日本的镇国宝藏

大汉皇帝赐予这个海岛地方政权一个金印——汉倭奴国王

倭奴国三个字从此载入这个岛国的史章

不知道日本人对这三件宝物至今有何感想

也可能是激励　也可能是愤怒　也可能是悲伤

不知道日本人对倭奴国金印是怎样理解

两千年来两个国家的解释　是荣是辱都不一样

落后的倭奴国从此有了一个坚定的信念

向大汉帝国学习　寻找强国治国的大略导航

中国的强大繁荣　让这个弱小的民族惊叹不已

中国政治上的进步　给这个落后民族带来曙光

尽管中国的朝代不断更迭　战乱带来无穷无尽的祸患

战争和掠夺奠基为日本军国主义强国富国的崇尚

公元三世纪　列岛上兴起一个政权——大和

跨入六世纪　大和政权逐渐统治了列岛的水域沃壤

圣德太子摄政　牢牢掌握了大和的领导政权

大刀阔斧提出一系列强国富国的先进主张

到中国去　学习她们的政治 经济 文化 佛教

到中国去　在那富饶辽阔的土地上汲取强国富民的营养

到中国去　那儿有倭奴国没有的矿产资源
到中国去　那儿有丝绸茶叶　有金銮殿的辉煌
一个个　一群群　一批批具有开拓意识的改革者
为了理想 不怕牺牲　告别家乡 远涉重洋
到中国寻求真理 寻求出路　从汉到隋再到大唐
日月的交替 时代的推移　大和民族渐渐走向富强
一封"日出处天子致书日没处天子"的信件
派使者送给中国大隋朝傲慢的天子杨广
杨广扔掉信件　不屑一顾笑着说　让它去吧
"蛮夷书有无礼者　勿以复闻"　还能掀起什么风浪
从此一个强悍的国名——日本 代替了倭奴国
日本努力摆脱受中国朝贡关系的地位和捆绑
在黄海的东方一个不起眼的弱小国家——日本
在"日出处"的地方慢慢辐射出灼热的凶光

倭寇之乱

莽莽苍苍的武夷山　水秀山峻耸立在中国东南
千里蜿蜒的海岸线　击起千层浪　波连海上山
一个千年古老的城镇宁德　翠竹隐村户　芦花映渔船
北傍太姥　西依洞宫　南靠鹫峰　东临大海　波浪滔天
在山和海交错的地方屹立着无数个古老的石堡
石堡居住着善良的人群　暖暖远人村　依依墟里烟
长满青苔的石墙上残留着昔日倭寇的枪痕和刀迹
小石道上至今嵌有昔日倭寇马蹄的石板
山涧苍黄斑斑的老树铭记着四百多年前的血和仇
堡前无字残碑仍然诉说着倭寇兽行的凶残
时间的流逝也可能淡忘了人们对过去的记忆
伤痕累累的石堡　常常掀起人们心中阵阵波澜
宁德本是一方宁静厚土　水光不尽色　山山翠无穷
古老的生活习俗　世世代代面临大海　背靠青山
男耕女织　出海捕鱼　日出而作　日落而息
绵延着人间香火　谱写出人间的沧海桑田

四百多年前　一个风狂雨骤漆黑的夜晚
几千名凶残倭寇　闯进人们香甜美梦的家园
杀戮　奸淫　纵火　掠夺　行如魔鬼　无恶不作
鲜血溅红了蓝蓝的海水　尸体填满堡前城后的山涧
突如其来的横祸　酿成中国明朝史上有名的倭寇之乱
一次次的烧杀掠抢　一年年的暴行侵犯
福安　霞浦　福鼎　宁德　寿宁　古田
多少个村庄家破人亡　多少户百姓妻离子散
闽东的人们不堪忍受倭寇之祸　携幼扶老　背井离乡
山在泣　海在啸　人在哭　倭寇的罪行惨绝人寰
为了抵抗倭寇的祸害　人们修筑了一座座石堡
以此保护每一个村镇人身财产的安全
再高的石堡也难抵挡住残暴贪婪的海盗野兽
野兽的暴行一次比一次残暴一次比一次贪婪
从辽东半岛到福建　几万里长的沿海岸边
从 13 世纪到 16 世纪　灾难重重恨恨数百年
上百个城镇被毁灭　十几万人被杀害　无数财产被抢掠
怒吼的海水伴随着血水　呼啸的海风伴随着腥风
一场灾难又一场灾难　阴霾笼罩在巍巍中华之东南
倭寇中百分之八十来自日本的浪人和匪盗
其余是以海匪为生涯的韩匪和汉奸
大明朝为了杜绝倭寇之患　集重兵在海上实施围剿
颁布取缔所有私人出海的商船和渔船
先贤大禹治水也在于疏浚而不在于堵

中止海上经济贸易往来　倭寇之乱更加泛滥
灾重重　冤重重　恨重重　路漫漫　夜漫漫　苦漫漫
人们年年在企盼　何日方能灭倭寇　朗朗乾坤太平年

一位抗倭英雄的名字——戚继光横空出世
在中国历史上光熠四射　从明朝至今代代相传
封侯非我意　但愿波浪平是英雄的豪情壮志
心境旷达　气贯长虹　心昭日月　其志是何等高远
明朝当时有号称世界最强大的常备军
实际号盈兵亏军心涣散　不堪一击外强中干
戚继光大胆提出　重新建一支有战斗力的新军
从浙江的农民和矿工中　征招了英勇爱国的三千青年
严格训练提高战斗力　树立爱国爱民的忠义思想
不怕抛头颅洒热血　不歼倭寇誓不生还
戚家军纵马驰骋数万里　歼灭倭寇不计其数
戚家军扬帆踏波数万顷　捣毁倭寇的老巢贼船
从望海垵大战　到台州的鸳鸯阵　再到横屿大捷
显示出戚家军的忠肝义胆　在国难中力挽狂澜
戚家军英勇善战所向披靡　倭寇闻之丢魂丧胆
歼灭倭寇　确保了东南沿海百姓的平安

东关村有一个义乌城隍庙　至今已有四百余载
人们供奉着浙营三千名义士　香火绵延不断
他们别妻离子奔赴疆场　万重关塞断 梦中叙归年

他们踏波逐浪 纵驰十万里 挥刀扫倭寇 丹心铸战船
英雄的丰碑永远屹立在中国人民的心中
倭寇对中国人民犯下的滔天罪行 大海可鉴

甲午之耻

高升号事件

有人曾经说过　屈辱说多了就等于麻木
也有人曾经说过　屈辱说多了也可能会引为光荣
我也曾经说过　不要让过去的眼泪把躯体泡烂
重要的是让过去的眼泪浇铸出锋利无比的长缨

1894 年　大清帝国老佛爷准备庆贺六十大寿
大小官员搜刮稀世珍宝　争先恐后向老佛爷献媚邀宠
三眼花翎 两眼花翎　各种官帽像雪片撒向华夏各地
朝野内外 九万里江山　处处是歌舞升平 举国欢庆
北京城一座座新建的戏楼拔地而起　金碧辉煌
紫禁城 三海 颐和园 建龙楼 修龙阁 搭龙棚
万岁万岁万万岁　群臣趴在地上相互争宠而三呼
遗老遗少夜夜做着大清帝国国运永祚的美梦
明治维新的日本　已经像日出之海的太阳冉冉东升
自然环境的束缚　迫其大陆政策要跨出东瀛

睦仁天皇骄傲地宣称　大日本乃万国之本
开拓万里波涛　布国威于四方　是日本治国大政
大陆政策首先指向中国和朝鲜　睦仁振振有词叫嚣
此乃国家富强之正理　此举非师出无名
兵强则民气始可旺　已成为其民族的坚强信仰
军国主义笃信征服世界则无坚不摧　无往不胜

朝鲜西海岸有一个不起眼的小岛——丰岛
甲午年六月二十三日　丰岛周围海面上波澜不惊
日本剑出鞘　弹上膛　陆海军同时驶向朝鲜
中国紫禁城内既是觥筹交错　又是战和不定
风平浪静的海水深处潜藏着巨涛骇浪
海面上预感将有一股旋天的血雨腥风
公元 1894 年 7 月 25 日正当午时
挂着米字旗的英国商船高升号　在海面上缓缓航行
日本浪速艇的鱼雷忽然喷出了罪恶的火焰
海面上风浪骤起　火光冲天　杀声一片　炮声隆隆
高升号船随即中弹　船身起火慢慢沉没于海底
船舶站着一千余名全副武装的中国士兵
随着船身沉没　千余名兵士全部葬身海底
日本的炮弹喷射出火焰　中国士兵的血把海水染红
高升号事件揭开了中日甲午战争的序幕
贫穷软弱的中国从此积贫难返灾难重重
农历甲午年的这一天　中国人民要永远铭记

从此中国的主权一个又一个落在日本人手中
日寇半个世纪在中国土地上烧杀抢掠 无所不为
日寇半个世纪在中国如恶魔禽兽 肆意横行

平 壤 之 战

日本侵略战争的战火从海上燃烧到陆地
日本不宣而战 向守卫牙山的中国军队打响第一枪
聂士成率领中国军队奋起还击英勇抵抗
主帅叶志超弃城逃走却晋升为平壤统领
大清朝在主战派慷慨陈词的感召下对日宣战
日本早已迫不及待 双方在平壤摆开战场
为国而生为国而死从来都是中国将士的赤胆忠心
将军赢得百战死 马革裹尸不还乡是中国将士的信仰
操吴戈兮披犀甲 车错毂兮短兵接 杀声震天动地
旌蔽日兮敌若云 矢交坠兮士争先 将士血染疆场
左宝贵马玉昆卫汝贵 一个个英雄将领视死如归
身先士卒 冲锋在前 与敌人血战到底决不退让
左宝贵壮烈牺牲为国捐躯浩气著青史
主帅叶志超带领中国军队弃甲丢盔 败退到鸭绿江
平壤之战中国军队的人数和装备并不亚于日本
贪生怕死的总指挥酿成甲午战争中国失败的国殇
日军气更盛 志猖狂 咄咄气势压西来
中国军心衰 国威丧 紫禁城内歌悠扬

黄 海 之 战

取得平壤之战的胜利　日寇更是丧心病狂
他们看到风烛残年老师的腐朽无能与善良
日本朝野上下都在煽动侵略中国有功论
熊熊战火烧红侵略者贪婪的眼睛和无休止的欲望
9 月 17 日　丁汝昌率领北洋海军执行护航任务
和日军的护海舰队不期而遇　怒目相视互不相让
震惊世界的黄海之战在日本海军挑衅下终于打响
阵阵炮火阵阵杀声伴随着黄海的惊涛骇浪
大清北洋海军貌似强大却难以抵挡东洋舰队
几个月前远远游弋于南洋新加坡　对着大海耀武扬威
黄海战场上却被日本海军打得遍体鳞伤
劣质炮弹怎能穿透敌人坚硬的钢铁甲板
落后战船怎能和敌人先进战舰殊死较量
邓世昌怒不可遏高呼"吾辈从军卫国早置生死于度外"
堂堂中华儿女上对得起国家下对得起爹娘
开着伤痕累累的战船向敌舰不顾生死勇猛冲去
遭到敌舰鱼雷的伏击　战舰被毁　英雄饮恨而亡
五个小时的黄海之战　中国海军无法抹去旷世耻辱的失败
滔滔的黄海啊是愤怒 是悔恨 是羞辱还是悲伤

旅 顺 之 战

日军兵分两路气势汹汹进攻大连旅顺港

势如破竹如入无人之境　清军一路溃退丧胆丢魂

并不是大清没有炮火没有军队没有将帅

大部分将领养尊处优贪生怕死把中华民族的气节丧尽

并不是中国的山河已经破碎　士气已经丧失

五千年中华民族有铁铸的民族魂魄　有英勇不屈的人民

聂士成将军再一次担负起抗击侵略者的大任

满汉各族人民纷纷举义旗　英勇顽强抵抗日军

徐邦道不顾上峰的命令　率部下抗击敌军于金州

李鸿章坚持和降　致使金州孤军无援而失守

将士全部英勇战死沙场　伏尸握枪 喋血饮恨

炮台的守军自发奋起　与日军展开激烈搏斗

统帅溃逃军心涣散　旅顺湾终于失守于敌人

日寇攻陷旅顺兽性大发　屠城四日 罪恶滔天

两万平民百姓成了日本人军刀下的冤魂

旅顺城内外大街小巷尸横如山鲜血成河

残暴的日军比当年的倭寇更是凶狠万分

他们赶着一群群赤身裸体的百姓跳下水塘

水面上漂浮着断头的肢体　血淋淋的肉身

日军丧失人性用刺刀挑破孕妇的肚皮

刀尖挑着胎儿　狞笑中透出让人不寒而栗的杀气森森

这就是历史上甲午战争著名的旅顺惨案
原始时代的野蛮大屠杀　丧失人性的毁灭罪行
实施者是一群效忠天皇残暴的日本军人

威海卫保卫战

丁汝昌　爱国英雄的名字在中华大地被称颂了一百多年
他的民族气节载入中华史册永世流传
日军侵占了大连湾和旅顺　又虎视眈眈海湾彼岸的威海卫
北洋海军的存在　是日军侵略者的心头大患
丁汝昌看到日本人的狼子野心　进京面奏李鸿章
中堂大人以和为贵命令丁汝昌按兵不动保护战舰
1895 年 1 月 22 日　寒气笼罩着山东半岛的海面
日本军队强行登陆　向威海卫南帮炮台不宣而战
守卫炮台的将士群情激奋　冒着炮火奋勇还击
在敌军猛烈炮火攻击下　威海卫 2 月 23 日终于失陷
丁汝昌坐镇刘公岛击退敌军的八次进攻
日军诱降丁汝昌　丁汝昌痛斥敌酋大义凛然
清军中的外国顾问投降派一个个贪生怕死
丁汝昌被迫含恨自杀　英雄血染刘公岛的沙滩
投降派朱昶炳与日军签订了威海卫投降条约
十一艘军舰刘公岛炮台和全部军械送给敌顽
渤海的南北门被日军全部控制　北洋舰队全军覆灭
血染的战甲血染的战船　血染的国土蒙羞含耻几十年

马 关 条 约

甲午战争以中国全面失败日本胜利而告终
《马关条约》的签订　加深了列强在中国的掠夺争雄
割让台湾琉球胶州半岛　是中国近代史上最大的耻辱
两亿两千万的赔银　中国人民坠入苦海灾难重重
不知道中堂大人的主和论是否为贻误战机的关键
不知道老佛爷挥霍奢侈独断愚昧是否把国运断送
不知道外国公使从中调停是否不偏不倚
不知道满朝文武官员腐败是否像毁堤的蚁虫
甲午战争之败加深了中国民族矛盾日益尖锐
甲午战争之败也把沉睡的东方雄狮唤醒
只有改革　国家才能进步　民族才能兴旺　国家才能富强
朝廷腐败 军队软弱致使民族倒退国贫民穷
甲午战争日本变成了世界战争的暴发户
凭借突然而至的巨额赔款大搞所谓战后经营
日本对外扩张称霸世界的野心日益膨胀
也为军国主义最后的失败埋下了祸种

保 卫 台 湾

记得我上小学时有一首我最爱唱的歌
东海岸边波浪滔天阴云密布笼罩台湾

在那日本帝国主义法西斯暗无天日的统治下
台湾人民背井离乡颠沛流离啼饥号寒受尽苦难
甲午战争失败　清政府把台湾澎湖列岛割让给日本
台湾人民在日本铁蹄蹂躏下生活了五十年
试问李中堂签订卖国条约时双手是否发抖
试问慈禧老佛爷是否因战争失败老了朱颜
试问满朝文武因赔巨款挥霍浪费是否有所收敛
试问大清帝国因丢掉一个儿子是否流泪心寒
日本侵略者刚刚踏上台湾澎湖列岛的领土
台湾人民举起义旗为了捍卫领土英勇奋战
屈辱卖国的《马关条约》刚刚签订第三天
台北市民工人学生发出桑梓之地誓与存亡的呐喊
壮士愿意战死　也决不愿拱手让台于日本
这是台湾人民与日本侵略者决一死战的誓言
堂堂巡抚唐景崧　紧要关头丢土保命临阵脱逃
他的一群幕僚卷携细软　像老鼠一样四处逃窜
刘永福义愤填膺临危不惧毅然举起抗日的义旗
全台军民万死不辞同仇敌忾和敌人殊死血战
五个多月的抗争　我弱敌强台湾不幸失守
台湾人民不屈不挠浴血奋战的爱国精神青史永鉴
躲在紫禁城的清政府啊　你只顾大量封官卖官
这些庸才恶吏　平时大量敛财贪钱　危难时保官保命
气息奄奄的清政府像一支即将熄灭的残烛
中国革命的先进思潮　像即将爆发的火山

15

八国联军

中国近代灾难史最大的灾祸是八国联军之乱
八国联军也有甲午战争的胜利者——日本
日本是联军的罪魁祸首　向中国派兵人数最多
烧杀掠抢　它的残忍本性更是加倍显露
文明繁华的北京城　被一群豺狼肆意践踏
古老的大街胡同血流成河　京城上空乌云滚滚
蓝眼睛　高鼻子　黄头发　还有一衣带水的黄皮肤
一群群野兽　一群群恶魔丧尽天理人伦
联军指挥部下令　放纵士兵烧杀抢掠整整八日
人类一旦还原成野兽　比野兽还要强暴残忍
无物不掳　无房不烧　无人不杀　无宝不抢
世界艺术的瑰宝圆明园被大火化为灰烬
挥着屠刀　端着魔枪　丧失人性砍杀横扫
孩子老人妇女无数平民百姓　变成野鬼冤魂
庄王府端王府翰林院天元阁全部被烧毁
抢不走的文物档案　珍贵典籍　一炬变成烟尘
野兽在刀尖和子弹上寻找丧失人性的乐趣

野兽疯狂地发泄　对妇女进行令人发指的暴力奸淫
从巨商富户到一般平民 从大街小巷到小院深宅
联军在光天化日之下对中国妇女恣意糟蹋蹂躏
呼喊声惨叫声伴随浪笑声震荡在京华圣地
这就是西方的文明 这就是上帝的使者　残忍野蛮的洋人
老佛爷为了躲避祸乱　带着一群大臣太监西幸来到西安
北京城内尸横遍野　西京大街小巷卖断鱼翅海参
为了保住岌岌可危的清朝政府　不惜牺牲民族利益
老佛爷让李鸿章再一次肩负起和谈重任
《辛丑条约》把中国进一步推向殖民地的深渊
庚子赔款强加在中国人民头上九万万两白银
罪恶的日本在两次侵华战争中获得了巨额赔款
养虎为患　日本从此跃入世界列强之林

日 俄 战 争

谈到我国的国土　国人最难忘凶恶的北极熊
《瑷珲条约》《北京续增条约》一个个不平等条约
铭刻在国人的心中至今让国人心痛
一百多万平方公里的土地平白无故送给了别人
黑龙江本是内陆河　如今变成中俄两国的分界线
国人啊　你是否想到历史上秦汉大唐的风采
国人啊　你是否对马踏十万里的成吉思汗引以为荣
当今有些影视颠倒黑白天天戏说着大辫子
康熙 雍政 乾隆三朝皇帝风流韵事国威强盛
为什么咸丰的无能　慈禧老佛爷的专断横行
黄袍马褂的腐败老朽指鹿为马几乎无影无踪
盛世固然能扬国威壮士气让我们感到精神振奋
贫穷软弱的国情　揭揭伤疤也能让后人深深反省
甲午战争后　日本在中国东北的势力越来越大
北边那头凶猛的野熊　心里岂能舒适安宁
它早已觊觎着中国的渤海湾和旅顺港
日本侵占东北打破它独占中国东北的美梦
它处心积虑制造了历史上有名的三国干涉还辽事件

奴颜婢膝的清政府以三千万两白银赎回辽东
北极熊蛮横无理夺取了在东北一个又一个特权
美丽富饶的东北已经全部落在北极熊手中
贪婪成性的日本人岂能丢掉噙在嘴里的肥肉
狼和熊的争斗也决不因为胜负而停
日本狼用了十年时间　晦光韬略　扩军备战
1904 年终于向俄国宣战　要争夺东北的土地和海空
双方集结雄兵一百万　战舰千艘　火炮几千门
龇牙咧嘴 气焰嚣张　狼态咄咄 熊势汹汹
日本和沙俄的战争给东北人民带来巨大灾难
清政府竟然宣布中立显得战战兢兢诚惶诚恐
划出大片土地为日俄之争提供交战的大本营
狼与熊的较量 兽与兽的厮杀　嗜血的交锋
中国无数百姓伴随着罪恶的炮火　家在毁 肉在飞
壮丽的中国山河被中国百姓的热血染红
从黑龙江到鸭绿江　从旅顺港到对马海峡
几千里江山哀鸿遍野 黑土成焦 江河呜咽 群民丧生
一年多的日俄战争以北极熊的失败而结束
彪悍的日本狼取得了日俄战争的全胜
沙皇在中国的势力被迫退到东北的北部
南半部的土地上处处是日本侵略者的嘶号声
列强为了争夺利益在中国土地上大打出手
清政府无能为了苟延残喘　把百姓送进火坑
三千里锦绣江山受尽了侵略者的你撕我夺
三千里江山渐渐变成日本侵略者侵华的大本营

日 德 之 战

日本对中国的侵略野心越来越膨胀
豆子大的火苗被欲望燃烧成熊熊大火
两次战争获得的巨额赔款让小小日本国
沿着军国主义的道路越走越是野心勃勃
日本进一步认识到过去的老大哥已经变成纸老虎
貌似强大实质是　千疮百孔　民心涣散　军队软弱
这个古老的国家地下埋着无穷无尽的宝藏
悠久的历史深厚的文化　文明的礼仪地大而物博
日本战胜了沙俄　进一步盯上山东的胶州湾
凶恶的狼又要从残暴的豺手里把胶州湾掠夺
1914 年日本在中国的山东向德国宣战
山东战火烽烟又起　参战的有日本德国和英国
列强胁迫清政府划国土为豺狼交战的地盘
胶东大地处处杀人如草不闻声　白骨似沙　沙似雪
德国战败　胶州湾又落到日本侵略者的手里
日本一次又一次给中国的脖子上套紧枷锁
袁世凯为了复辟帝制　登上皇帝的宝座

和日本签订了丧权辱国的《二十一条》
日本谋吞中国的战略野心一步一步在加深
苦难的中国人民外患内乱灾难重重水深火热
自古有多少利欲熏心的当权者宣讲的言辞　信誓旦旦炫人耳目
国难当头抛弃国家抛弃人民　为个人的权利苟活着

济 南 惨 案

北伐军一路摧枯拉朽　像秋风横扫落叶

要独立要民权要自由　古老的中国土地像炸开的锅

列强惧怕中国革命使它们失去在中国的特权惶惶不可终日

又是小日本挥动屠刀　凶杀之气何其咄咄

集重兵于山东　企图阻挡北伐军挥师北上

1928 年 5 月 3 日攻进济南城　在齐鲁大地犯下滔天罪过

野兽割掉我国公使蔡公的鼻子　悬头颅于高杆上

践踏国际上的起码准则　残杀了十六名中方使者

烧杀抢掠无所不为无恶不作　罪行十恶不赦

三千死难者的鲜血汇成了屈辱愤怒的长河

家穷被人欺 衣破被狗咬　贫穷难以抵挡外侮

血染红的趵突泉啊　永远记住这一耻辱的时刻

九一八事变

站在九一八历史博物馆前　望着日本"铸造"的炸弹碑
我的心像大海的波涛　又像戈壁滩上的飙风
八十四年前的耻辱至今时时吞噬着我的心房
八十四年前的耻辱至今拷问着我的心灵
虽然我没有亲眼见过那血淋淋的屠杀
虽然我没有亲身经历过那亘古未有的御侮战争
中国苦难深重的过去会让我追寻和深思
中国繁荣盛世的今天会让我更加珍惜反省
我的脚步随着讲解员沉重的声音在移动
我的眼睛看着一幅幅不堪回首的历史图景
有时热泪盈眶 有时义愤填膺 有时心情异常沉重
我的身在颤 心在吼 泪在流　沸腾的热血全身涌

皇姑屯事件

张作霖　一个出身绿林身材短小彪悍的东北枭雄
在日本人的扶持下　渐渐成了名副其实的东北王

日本人无限贪婪的本性　让张大帅无法忍受

或许是民族危亡　让这个军阀显露出内心的天良

日本人无休止的索取　张作霖总是故意推托

强硬起来的东北王也有自己的爱国信仰

河本大作奉命要铲除不听话的张作霖

策划了一系列谋杀案　其结果都没有如愿以偿

1928 年 6 月 4 日凌晨　杀气笼罩着东北皇姑屯

东北王乘坐的专列　风驰电掣行驶到三河桥上

一声巨响　三节车厢被炸翻倒地 惨不忍睹

张作霖被炸出三丈以外　血流不止遍体鳞伤

临死前张作霖念叨着在北京的儿子小六子

要他肩负重任擎起奉军旗帜　认清日本这条恶狼

日本暗杀张作霖的目的　是要在东北挑起一场动乱

然后出兵干预　企图策划蒙满独立的梦想

张学良回到东北毅然担负起拯救东北危亡的重任

易帜青天白日　促进南北统一　誓言于孙中山遗像

立誓效忠党国　务期巩固边防　解除中央北疆之忧

内政修明　让黎庶百姓有春台之乐人人共享

日本不甘心中国南北大联合　在关东加强战略部署

增强兵力　战云笼罩在绵绵的长白山 滚滚松花江

东 方 会 议

日本侵华的脚步一步步进逼 一步步加强

东京从士民到天皇朝野上下战争的狂热扶摇直上
东方会议制定了一系列侵华的八条纲领
武力干涉中国内政美其名曰保护邻邦
其目的是把东北从中国的本土分离出去
雄鸡失去鸡头满蒙永远落入日本国土之壤
日本田中拟出了臭名昭著的《田中奏折》
提出欲征"支那"先征满蒙，欲征世界先征"支那"的主张
日本的大陆政策在中国逐步得到实施
武装到牙齿的关东军磨刀霍霍挥向羔羊
东北奉天城内外　硝烟弥漫剑拔弩张　战火一触即燃
战争狂人随时准备打响侵华战争的第一枪

入侵的借口

战争的发起往往是挑衅者故意制造事端寻找借口
古今中外不知道有多少战争的起因是无中生有
万宝山是吉林省长春县的一个小村镇
朝鲜人因引水浇田和中国农民发生争斗
日本领事馆以保护朝鲜侨民为事件的借口
殴打中国农民　颠倒黑白煽动朝民聚众斗殴
在朝鲜屠杀中国侨民砸烂中国侨民的商店和住宅
大肆掠夺中国侨民的财物　行迹如同一群野兽
日本人高举保日保朝在满蒙利益的旗帜
集合一群地痞流氓到处歇斯底里地狂吼

中村事件又是日本策划战争的一步棋子
中村潜入我国禁区　借口旅游把情报偷偷搜走
随带着军事笔记 军用地图　各种军用品和枪支
被中方团长关玉衡秘密处死　这是中村自作自受
日本关东军以此大造反华舆论　极力煽动战争狂热论
新闻鼓吹唯以武力解决　军队狂妄叫嚣 要雪恨报仇

柳条湖南满铁路的爆炸声

1931 年 9 月 18 日的东北　夜已深深凉意浓浓
一轮满月高高挂在清澈的天空冰洁清明
黑油油的土地上满山遍野长着大豆高粱
劳苦一天的人们已经入睡　天地显得异常宁静
今晚的宁静好像比往日的气氛有些异样
洁白的霜野透出肃杀之气　显得冰冷而凝重
寻食的雌鸟早已入林归巢　似乎有点烦躁惊恐
扑棱棱的翅膀护着小鸟　预感有野鹰来袭身子抖个不停
恶狼和猛虎也潜藏在大山深洞和茂密的森林里
感觉到今晚来的野兽比它们更是残暴凶猛
沈阳城北有一个不起眼的小地方叫柳条湖
茂密的高粱地里时时闪动着几个绿色幽灵
时针刚刚指向 9 月 18 日 22 时 28 分
柳条湖的铁路上骤然响起沉闷的爆炸声
南满铁路的轨道　被炸开不到两米长的裂缝

奔驰的火车呼啸飞过 并未因爆炸声减速而停
爆炸声是关东军精心策划的一个军事事件
爆炸声是关东军蓄谋已久的军事侵略行动
爆炸声给关东军公然侵占东北找来借口
日本人发动了震撼世界有史以来最大规模的侵华战争
中国人民不屈不挠的局部战争揭开了反法西斯战争的序幕
中国从此陷入十四年反侵略战争的水深火热之中

进攻北大营

痛我民族 屡受强邻之压迫
最伤心 割地赔款 主权剥夺
大好河山破碎 神州赤子漂泊
有谁人奋起救祖国 救祖国
我七旅官士兵夫快起来 快负责
愿合力同心起来工作
总理遗训永不忘 长官意志要严摩
乘长风破万里浪 救中国

——东北军第七旅《旅歌》

柳条湖南满铁路的爆炸声刚刚响过
弥漫的硝烟还未散去 沉睡的人还未惊醒
九一八事变的执行者佐本立即操起随身携带的电话机
向焦急等待的板垣汇报 爆炸任务已经成功

板垣无比兴奋　以关东军代理司令官的名义
下达了早已拟好的四道军事命令 遣将调兵
征服"支那""圣战"的时候到了　挥起我们武士的战刀
集中火力　立即炮轰张学良东北军的北大营

在辽宁省沈阳城以北大约四公里的地方
有一座住着一万余名军士的军营——北大营
他们隶属于中国东北边防军第七旅
是一支装备精良训练有素的精锐官兵
爆炸声刚过　日本军队像饿狼一样扑向这支军队
睡梦中的军官和士兵被激烈的枪炮声惊醒
训练有素的官兵拿起武器准备迎头痛击
参谋长赵镇藩拿起电话请示上级显得义愤填膺
沈阳下达死命令　不准抵抗 把枪放到库房里
敌军开枪 我们挺着死 大家同仁准备为国牺牲
我军数次请战　上峰数次命令　坚决不准抵抗
敌人肆意残杀肆意闯营　如入无人之境
团长王铁汉是铁打的汉子铁铸的肩　铁炼的胆
他违背命令坚决抵抗率军突围击毙日军数十名
几百名官兵饮弹身亡陈尸营外　恨声遏云与谁说
几百名官兵含冤负辱黄泉路　碧血溅红中军营
东北军经营十几年的北大营随即付之一炬
东北军从此背上不抵抗军队的耻辱骂名

沈阳城沦陷

日军独立守备队二大队进攻北大营的同时
步兵第二十九联队挥枪舞刀　准备进犯沈阳城
一路上没有一个中国士兵抵抗　没有碰到任何艰难险阻
日军总指挥板垣征四郎感到意想不到的高兴
9 月 19 日日军轻而易举攻陷东北重镇沈阳
没费几枪没费几炮沈阳落到日军的手中
9 月 19 日清晨　沈阳城的市民刚刚睁开双眼
日本的太阳旗高高飘扬在了沈阳城头的上空
开门揖盗　助长了关东军在沈阳的嚣张气焰
日本的装甲车在沈阳大街小巷恣意横行
省政府　财政厅　警务处　电信管理处　中国银行
一个个机关重地被日军的铁蹄肆意践踏迅速占领
日本军队肆无忌惮闯进张学良的大帅府
12 时日本军队又攻陷沈阳城的东大营
飞机二百六十二架　大炮一千余门　让日军唾手而得
十几万枪支　无数弹药　悉数交给日本关东兵
一夜之间沈阳城落入日军之手　世界舆论哗然
沈阳全部沦陷　全国人民难以置信朝野皆惊
短短的四个月　东北三省大部分地区相继沦陷
短短的四个月　几千万同胞城郭为墟里　千家鬼哭声
十四年亡国奴的生活难以用血和泪去书写
十四年的耻辱　在中国历史上是一场骇人听闻的噩梦

军岛的狂热

东北三省沦陷　日本岛上卷起战争的疯狂

在军国主义的宣传下　人人立誓效忠天皇

一封封鼓励的信件　一封封写着誓言的血书

像带血的鸡毛在日本岛的上空狂舞飞扬

学生妇女走上街头　高呼天皇万岁　庆祝"胜利"

为"圣战"捐款捐物　煽动演说群情激昂

三个中学生联名写血书寄到东京日日新闻社

扬言满蒙问题望军部之手以武力果断解决的军国主张

有些学生含着眼泪聆听天皇宣战的诏书

竟然说对外侵略是我们大日本子民的朝思暮想

一千个日本妇女每人一针缝成无数千针袋

寄托着战争的情缘　伴随武士走上中国战场

有的日本人公然喊着　我们岛国地域有点太小

要发展要开拓到朝鲜到满蒙到"支那"开土拓疆

一个日本母亲在儿子出征前送给一把匕首

高兴地去吧　要是被"支那"士兵捉住　用它剖腹自杀身亡

日本的山在喊 水在喊 人在喊　战争才能富强日本

武士道精神要称霸亚洲 称霸世界 称霸太平洋

张　学　良

天下兴亡关东忧　　雄怀未展鬓斑头
半生戎马心犹壮　　一扫烽烟顾守酬
拯羽须隆强盗日　　守居何必落星楼
哀鸿未揖及还逞　　举国精诚护漏舟

——容聿肃《怀念汉卿》

从九一八到现在已经整整八十四个岁月
不抵抗的命令人们至今各执一词 纷纷评说
从耻辱的甲午战争到不抵抗的九一八将近四十载
我们和日本的较量几经干戈几经议和
我们有视死如归英雄的将领　　不屈不挠的英雄人民
左宝贵邓世昌丁汝昌刘永福壮志酬山河
我们也有慈禧太后李鸿章袁世凯叶志超
老谋深算胆怯如鼠　置国家民族利益而不顾苟活着
日本吞满蒙征中国的野心早已暴露无遗
关东军在东北土地上沟壑填尸 城郭屠血
为什么对这些我们视而不见听而不闻容忍十几载
为什么对这些我们能和狼共舞与虎同卧
为什么沈阳城在一个晚上全部陷落敌手
为什么东北几千里江山　仅仅四个月全被日本侵夺
为什么蒋介石对日本总是抱着国联调解的美梦

要攘外必先安内　在江西打内战燃起剿共的战火
为什么辽宁战事已经到了一触即发的地步
为什么东北军精锐部队屯在关内　坐镇不动是因何
三千万人民用血汗养活了东北军队三十万
不抵抗命令的下达者是否想到东北人民陷入水深火热
张少帅看着他的几千万同胞做了亡国奴
暮年遗恨在孤岛回忆往事心底在滴血
莽莽群山遮不住　滚滚历史长江毕竟东流去
随着时间的推移将会还原历史的是非和功过

东北军民的抗日斗争

松 花 江 上

九一八 九一八 从那个悲惨的时候
脱离了我的家乡 抛弃那无尽的宝藏
流浪 流浪 整日价在关内流浪
哪年哪月 才能够回到我那可爱的故乡
哪年哪月 才能够收回那无尽的宝藏
爹娘啊 什么时候才能欢聚一堂

——张寒晖《松花江上》

我站在松花江畔悲壮地唱着这首歌
八十四年前的一幕幕在我眼前像电影闪过
黑沃土地上至今打印着日寇铁蹄的标记
滔滔松花江水不停地把日寇的罪行诉说
高耸的桦树林至今为罹难的国民致哀
红红的高粱地里洒着抗日志士的碧血
黑乎乎的煤田 掩埋着昔日无数矿工的白骨

南行北驶的火车　永远印记着日寇的烧杀与掠夺

我站在长白山唱着《松花江上》这首歌
奔腾的热血在冰点的雪山顶上滚沸
平顶山石崖下三千冤魂至今怨恨九重天
灭绝人性的七三一部队　让人咬牙切齿仇未雪
一座座万人坑至今流淌着亡人的血泪
猛虎山下至今埋着战争狂人　妖怪鬼魔
九一八纪念馆前的国殇群雕　竖天警示着后人
城市来往的人群经常唱着《松花江上》这首歌
曾记否　蓬头垢面的知识分子 衣衫单薄的学生
曾记否　拖儿带女的难民 推着破烂的木轮车
曾记否　含羞负辱的东北兵 破烂的军服把残体遮
曾记否　失去父母的儿童 失去儿女的老汉老婆婆
曾记否　十四年天地干戈老 三千万苍生痛哭声
曾记否　原野犹应厌膏血 风云长遣动心魄
他们唱着《松花江上》这首歌　伤痛　激愤　悲怆
迎着凄风冒着苦雨流着眼泪忍着饥饿
越过山海关 走过承德 走过北京 跨过了黄河
来到长江 来到武夷山 来到珠江 来到五指山
潇风楚雨钱塘恨 珠江血浪天涯海角卷狂雪
我们用这首歌唤起了四万万人民抗日的斗志
我们用这首歌向世界倾诉了日寇的暴虐
我们用这首歌唱着战伐乾坤破　疮痍府库贫

我们用这首歌倾诉着亡国夫何悲　浊酒空对月
在九万里长的烽火路上唱着悲壮的《松花江上》
用带血的音符编织成控诉日寇罪行的倾诉状
歌声响彻祖国大地　燃起抗战的熊熊烈火
歌声悼念死在敌人屠刀下的千千万万亲人同胞
歌声唤起民族的希望　歌声浇铸出民族英雄的气魄
这首歌唱出我们民族的耻辱 民族的怒吼
这首歌唱出四亿人民待来日收拾旧山河 朝天阙

马 占 山

武神将军天上来　浩然正气系兴衰
手抛日球归常轨　十二金牌召不回

——陶行知《敬赠马占山主席》

日本有一则谚语"吹向邻居屋顶的风暴
绝不会绕开你的房子"比喻了唇亡齿寒的哲理
一家失火　四邻遭殃是中国民间团结互助的信条
日本关东军很快占领了辽宁吉林两省的主要城市
挥师北上 气势汹汹 势如破竹 进犯四洮
张海鹏率众叛变充当日本人的汉奸走狗
背叛祖国 背叛人民　臭名昭著 罪责难逃
伪军充当日军的马前卒进攻齐齐哈尔
向自己的父老同胞挥起血淋淋的屠刀

战云密布杀气弥漫　黑云压城城欲摧
胡子出身的马占山　临危受命抗战重任一肩挑
他向全国发出了《抗战宣言》与日寇决一死战
收复疆土卫我一方民之安全　是我军担负的大义之道
将军义正词严揭穿日军残忍贪婪无耻的本性
以血还血以牙还牙白刃激战拼搏在江桥
马占山亲临战场临危不惧泰然自若指挥战斗
将士们冲锋陷阵英勇杀敌为保国土何惜把头颅抛
岳武穆前车之鉴不复取　毅然违抗南京不抵抗之命令
国家兴亡匹夫有责　为国献身是军人的骄傲
马占山打响抗战第一枪　激励起全国人民的抗日斗志
中国共产党在延安发来贺电对英雄奖褒
北京的热血青年组成援马抗日团奔赴前线
上海马占山牌香烟成了商界最牛的商标
江桥抗战打出中国军队的豪气和志气
马占山不负众望临阵歼敌　几经生死血染战袍
守土有责　一息尚存决不失寸尺之地沦与异族
英雄的血英雄的泪　江桥虽败壮魂可歌可泣冲九霄

齐齐哈尔沦陷　马占山率兵退到深山老林
在艰苦岁月和敌激烈鏖战　让日本军队心惊胆寒
汉奸张景惠奉日本人的命令劝降马占山
占山自信是一好男儿　决不降日本　英雄壮气撼云天
南京下达静候中央命令　动摇了将军抗战的决心

日本的军事威胁政治诱降　这位风云战将意乱心烦
江桥抗战的民族英雄　赴沈阳参加日军的四巨头会议
担任黑龙江省伪省长一职　承认伪政府的建国宣言
虽然通电中表露自己身不由己相机应对
马占山妥协失节之举　引起全国舆论哗然
同僚和部属慷慨陈词分道扬镳愤然南下
赞扬宣传马占山牌香烟也因羞愧而停产
报纸谴责　来电质问　朋友唾弃　部下反戈
将军寄人篱下　卧薪尝胆企图东山再起对日再战
1932 年 4 月 2 日之午夜　松花江两岸北风呼呼
马占山金蝉脱壳　潜出省城在黑河重新举起抗日利剑
他为了解除与敌以死相搏的后顾之忧
不顾家属哀求　破釜沉舟　遣散妻妾毁家纾难
马占山通电扫荡丑类还我河山　重新率军出征
英雄壮举传奇般的经历震撼黑水白山
英雄所见略同　同样的爱国热情同样的忠肝义胆
苏炳文马占山领导的救国军　宁为玉碎不为瓦全
无数次战斗　救国军人困马乏抗日形势非常严峻
两位英雄满怀悲愤率部队被迫转移到苏联
四千名将士怀里揣着老家的黑土　泪洒嫩江千里冰
天赋吾时假道回国　一息尚存痛歼倭寇收复河山

义勇军进行曲

起来　不愿做奴隶的人民
把我们的血肉筑成我们新的长城
中华民族到了最危险的时候
每个人都被迫发出最后的吼声

——田汉《义勇军进行曲》

这首歌从创作到抗日战争胜利唱了十一年
它像一篇犀利的战斗檄文　又像一面被擂响的战鼓
义勇军战士唱着它　昼夜奋战在白山黑水
抗日游击队唱着它　东西拼杀三千里不歼倭寇誓不回
抗日的八路军唱着它　埋葬敌寇于人民战争的汪洋
抗日的国民党军将士唱着它　纵战马挥大刀痛歼倭寇贼
英勇的壮士唱着它　冒枪林闯弹雨饮恨疆场
视死如归的义士唱着它　在敌人刑场上从不低眉
远征军的英雄唱着它　陈尸缅甸孤魂漂游在异乡
战斗在敌人心脏的无名英雄唱着它　忍辱负重望晨晖
十一年唱着它　众志成城荣辱与共赶走日本鬼
十一年唱着它　三千万血肉　打败日寇扬国威
从抗日战争解放战争一直唱到新中国
它像一个响亮的号角在中国大地上催人振奋
解放军战士唱着它　在战场上从不畏惧冲锋陷阵

涌现了千千万万杨子荣刘胡兰黄继光董存瑞

知识分子唱着它　肝胆相照荣辱与共同舟共济

工人农民唱着它　为解放挥动着镰刀和铁锤

共产党员唱着它　血染的红旗英雄的风采

许云峰陈然江姐唱着它　为了盛开的傲霜红梅英勇无畏

全国人民唱着它　要和平要民主要自由要解放

人民的国家人民当家做主　六亿神州迎春雷

唱着它　我们打破旧世界赶走了蒋家王朝

唱着它　新中国宣告成立五星红旗漫天飞

我们唱着这首歌从新中国成立唱到21世纪

国歌记录着我们国家每一个时代的里程碑

二十四门礼炮响彻万里晴空　震惊世界

国歌的吼声　让所有中国人激动得涌出了眼泪

五星红旗在天安门广场　伴随着国歌冉冉升起

人们仰望飘扬的红旗　唱国歌肃然敬礼

困难时唱着它　不屈不挠的精神受到鼓励

胜利时唱着它　告诉我们要戒骄戒躁居安思危

徘徊时唱着它　克服困难坚定了前进的方向

迷惘时唱着它　辨明方向时时分清大是大非

每一次唱着国歌　我神情庄重全身热血沸腾

每一次唱着国歌　我感觉到肩上的责任有千钧

每一次唱着国歌　回忆过去思考现在展望未来

高唱着国歌　强大的中国阵阵战鼓仍在催

抗日义勇军

诸位一齐静静听　听我来唱义勇军
义勇军真英勇　　坚决一致打敌人
敌军占了东四省　总要压迫老百姓
抢土地加捐税　　劫掠放火乱杀人

——若望《义勇军歌》

中华大地凄风苦雨 中华民族岌岌可危　民受侮国欲亡
我们中华民族的中流砥柱——中国共产党
为了维护领土主权的完整　坚持抗日收复失地
一个个抗日宣言　给中国人民指明抗日的方向
严厉谴责卖国辱国丧国的不抵抗政策
提出保卫中国独立统一　领土完整的抗日救国主张
白山颤抖了 黑水沸腾了　全国人民愤怒了
长城内外 松花江畔 高粱地头 白桦树下
不分男女 不分老少 举起大刀端起了长枪
不分民族 不分出身 不管是官与兵 不管是贫和富
不管是农民和毛子不分彼此的立场和信仰
国家危难大难兴邦血浓于水我们团结一致
我们同是炎黄子孙 龙的传人 泱泱华夏大邦
东北众多义勇军自发举起抗日的大旗
几千里江山汇成一股浩浩荡荡的抗日力量

痛歼倭寇英雄健儿潜伏在大兴安岭茂密的山林里
保家卫国英勇斗士驰骋在广阔的辽河平原上
为了保卫锦州　在大凌河西岸英雄洒下热血
哈尔滨保卫战　英雄杀敌的吼声震撼着松花江
高鹏振挥动大刀纵马陷阵英勇杀敌寇
白子峰父子兵败宁死不屈　血染狼狗圈誓死亦不降
马当行赵殿良林子升冒雨攻打沈阳日军大本营
李纯华组织救国会　为抗日潜北平说服少帅张学良
义勇军二十一颗人头被日军悬挂在英雄树上示众
纪念碑镌刻着长思鏖战黑山上　马踏重围夜月光
一个人倒下去 千万个人站起来　前仆后继视死如归
邓铁梅苗可秀　大节泣鬼神 忠义薄云天　是民族的榜样
二十一岁的尚吉元临死不惧　在熊熊烈火中永生
英雄的热血浇灌着愤怒的沃土　激励国人痛歼豺狼
高举着平日 震东 灭东洋 灭狗 平倭抗日的义旗
在白山黑水的大地上铺天盖地猎猎飘扬
数十万中华热血男儿以身为炮 以肉为弹
以壮士的热血汇成三千里抗日的狂潮巨浪
苦战于崇山峻岭　奔驰于冰天雪地莽莽林海
以七尺血肉之躯把万恶的日本侵略者埋葬
没有充足的军事供给　没有周密的军事组织
败而犹荣 为国战死 死而犹生 无限高尚
东北义勇军的壮举感天地 泣鬼神　永垂不朽
日本侵略者陷于三十万义勇军的大海汪洋

抗 日 联 军

朔风怒吼　大雪飞扬

征马踟蹰　冷气侵入夜难眠

火烤前胸暖　风吹背后寒

壮士们　精诚奋发横扫嫩江原

伟志今　何能消减

全民族　各阶级　团结起

夺回我河山

——张寿篯《露营之歌》

皑皑的白雪 熊熊的篝火 茂密的白桦林

抗联战士吹着笛子拉着二胡朗诵着战斗的诗

天寒地冻何所惧　因为我有一颗杀敌火热的心

挨饥受饿艰苦环境磨炼着我们的毅力与意志

一位年轻的战士用小刀在白桦树上刻着

"不怕牺牲 抗战到底 把日寇赶出中国"的字样

冰溜子地窖里几名抗联战士举手面对党旗

激动地流着眼泪　进行庄严的入党宣誓

小路上两位老乡冒着生命危险赶着送粮的毛驴

《露营之歌》表现了战士的顽强精神和乐观主义

中国共产党领导的一支东北抗日联军

联合一切抗日力量再次举起抗日的火炬

英雄赵尚志枪林弹雨万死不辞赴汤蹈火终不悔

尚志村尚志大街永远光耀着英雄的事迹

杨靖宇被敌人剖腹　胃里装满枯草棉絮和树皮

凶恶的刽子手吃惊地为这位英雄低头致礼

八位女战士面对日伪军的追杀挽臂跳入乌斯浑河

壮烈殉国　八名女英雄的英魂光华照耀着黑土地

甘洒热血沃中华　赵一曼身陷囹圄坚贞不屈

给儿子宁儿写的信永远把年轻一代激励

梅花鹿赵玉仙被日军钉在墙上宁死不降

三十二位抗联战士迈步赴刑场　天地悲歌又一曲

十几年流血牺牲抗联战士前仆后继视死如归

十几年艰苦抗战　用血和肉谱写出英雄的奇迹

淞沪之战

一个营长的诗

火融融 炮隆隆　黄浦江岸一片红
大厦成瓦砾　市镇做战场
昔日繁华今何在　公理沉沦 人面狼心
为自由 争生存　沪上魔兵抗强权
踏尽河边草 洒遍英雄泪　又何必气短情长
宁碎头颅 还我河山

——朱耀章《月夜巡视阵线有感》

这是国民党五军阵亡营长朱耀章的最后一首诗
震人魂魄 催人泪下 字字如刀 慷慨激昂
死　对于一个壮士显得如此渺小　泰然而对之
为了国家金瓯的完整　对死亡更是引吭高歌

上海的三把火

一个人最大的耻辱就是背叛祖宗背叛国家

川岛芳子本是肃亲王的女儿　　六岁认贼作父去了东瀛
严格的特务训练　　学会射击学会骑马学会暗杀
在日本人倾心豢养下　　学会做间谍的种种技能
日本策划了满蒙独立的实施计划　　派遣川岛芳子回到中国
和蒙古王公子甘珠尔扎布结婚　　以控制傀儡的言行
皇姑屯炸车事件满蒙独立阴谋随之夭折
离婚后回到日本　　九一八事变前又潜伏中国刺探军情
1932 年大上海交际场所有一个神秘的女子
既像侠客又像舞女谈吐不凡舞姿盈盈
川岛芳子为日本攻占上海制造舆论宣传
刺探情报的准确性　　让冈村宁次也感到吃惊
日僧事件是她为日本在上海的战事借口放了第一把火
三友实业社　杀死华捕　　第二个阴谋又如愿得逞
日本海陆军找借口为保护日本侨民出兵干涉
捣毁商店殴打巡捕勾结流氓无赖上街游行示众
川岛芳子点燃日本在上海战事的熊熊烈火
战云密布空气凝重剑拔弩张　　上海的天空阴森寒冷
上海市民站在巨大的"国难"二字下　　心情无限悲痛
东北三省沦陷　　人们对南京政府忧心忡忡
上海市市长吴铁城对日寇屈辱求和步步退让
软弱被人欺　　赔情道歉也没能阻止住侵沪战争
蒋介石一意孤行　　坚决执行先安内而后攘外
领着几十万大军正在江西红色根据地剿共
自古有些帝王信仰宁当亡国奴不当丧家犬

45

试问山河破碎民族灭亡和你手中的权力孰轻孰重
历史上有多少帝王抛祖庙迎酋主称儿臣纳贡银两
历史上有多少帝王祸起萧墙豆其相煎刀染红
历史上有多少英雄豪杰高唱还我河山扶华夏
纵战马踏贺兰山阙　面对屠刀留取丹心照汗青

保 卫 上 海

1932 年 1 月 23 日　上海龙华警备司令部
十九路军将士一个个阴沉着脸忧心忡忡
面对日寇肆无忌惮的挑衅人人愤怒不平
陈铭枢蒋光鼐蔡廷锴戴戟　四位将军发布联合宣言
我不救我谁能救我　十九路军将士热血沸腾
用我们的死可唤醒国魂　用我们的血可寒敌胆
自由之神已鸣 救死之血已沸　哥哥弟弟们　冲锋
守土御侮是军人的天职　成败何足惜 生死何足论
一刀一枪死而后已　殉国精神永远是中国人民崇尚的英雄
日本人扬言　淞沪战争四个小时可以获得全胜
日本人的自信也不能说他们没有根据例证
从丢人丢钱的甲午之战　到世界哗然的九一八
日本人在我们的国土上总是趾高气扬 无比骄横
东北张少帅几十万军队装备精良训练有素
宁可站着死的命令　一夜丢掉北大营和沈阳城
日本人幻想十九路军重蹈东北军之旧辙

中国历史上金陵曾有几度上演开城投降的小朝廷
日本天皇根本不懂得中华民族的坚强信仰
国家存亡之时神既死兮神以灵　子魂魄兮为鬼雄
感时思报国　激励起十九路军将士的良知
与国土共存亡　以七尺之躯捍卫国土的完整
敌人三易其帅　数次进攻数次失败数次反扑
我军英勇杀敌　几度抵抗几度失守几度反攻
从江湾到吴淞　从杨树浦到蕴藻浜再到苏州河畔
敌我对垒战火纷飞杀声震天炮声隆隆
敌舰火炮齐发 飞机狂轰滥炸 陆军机枪横扫
我军大刀横飞 白刃相搏 前仆后继 岂容蛇豕任纵横
张治中率领第五军将士迅速抵达淞沪战场
两军联手作战鼓舞士气　扭转战局日军死伤惨重
何香凝送给张治中一件女儿装附着一首诗
枉自称男儿 甘受倭奴气 不战送山河 万世同羞耻
诗句激励着将军 激励着士兵　为国杀敌倍英勇
国母宋庆龄冒着战火到第一线慰问将士
三万套崭新棉衣送到前线为将士挡寒遮风
商会会长王晓籁领着二百名童子军来到战斗指挥部
在枪林弹雨中白刃相搏 杀魔妖　赤血甘洒黄浦红
巾帼豪杰不让须眉　组成敢死救护队投入战斗
海内外无数侠义壮士　为抗日官兵无私援助解囊捐赠
敌我军械装备的悬殊　南京政府的消极抵抗
我军将士无奈退出上海　恨重重怨重重无奈仰首问天公

三十三天的淞沪战事　中国军队再一次以失败而结束
不痛不痒的各国列强调停　又一次签订了屈辱停战协定
淞沪战争的失败并没有给蒋介石敲响警钟
将士的鲜血 国土的丢失 全国人民的愤怒
南京政府态度暧昧　仍然是亦战亦和态度不明
战事第三天南京政府宣布西迁京城于洛阳
效仿当年慈禧老佛爷为避战乱到长安西幸
宋希濂代表二六一旅官兵向何应钦请缨参战
何应钦又是埋怨又是阻挡　阐明自有国联主持公正
守卫上海的几十万将士粮弹已绝人疲马倦
近在咫尺的几个军却是稳坐钓鱼台不闻也不动
各方人士为守卫上海将士前后捐款七百多万元
南京军部还要从中宰割　将士热泪滚滚洒长缨
刚上台的蒋介石扬言与诸将赴国难共生死
战后蒋介石立即调十九路军到闽南打内战剿共
《淞沪停战协定》日军重兵驻上海　中国军队不设防
这就是国联不偏不倚的协调　让国人感到荒谬且不平等

苏州广场的哀悼

1932 年 5 月 28 日　苏州的体育场天暗风狂
人山人海花圈如林　泪飞化雨天哀地伤
四万人悼念一·二八淞沪抗日阵亡的烈士
十九路军第五军将士血染战袍情泪衷肠

一万多英雄的英灵渺渺于漫漫黄泉路

四万人的双手编织小白花　为壮士送葬

禁不住轻轻地哭泣　唯恐把梦中的英雄惊醒

英雄在梦中　挥着大刀端着利枪跃马疆场

寒山寺的长夜钟　为英雄壮士夜夜祈祷

姑苏台前的小树　在苦雨凄风中为英雄浅吟低唱

从上海赶来的女童子军　含着眼泪悬挂悼念的挽联

广东妇孺护士学校的护士　千里迢迢来到苏州

祭奠阵亡的广东士兵　亡魂悠悠兮归故乡

人们问苍天天茫茫无语　人们问大地地悠悠如哭

为什么有如此失败如此耻辱　不该有的伤亡

滚滚呜咽的苏州河　滔滔咆哮的黄浦江

牺牲的壮士啊　我们祈祷你的灵魂哀号着国殇

长城保卫战

古老的长城巍巍万里　它是中华民族的国魂
古老的长城英雄威武　它是中国人民的象征
从秦皇汉武金戈铁马　到今天群雄逐鹿中原
几千年狼烟烽火　旌旗猎猎刀光剑影战马嘶鸣

长城内外　每一寸土地都流传着一个英勇壮烈的故事
长城上下　每一个砖垛都烙印着壮士激战的掠影
往事越千年　无数战事几度宁 无数怨声几度重
今日战火又重起 日寇铁蹄犯长城 血染沙场残阳红

山海关之战

1933 年元旦　历经六百年的关塞——山海关
朔风呼叫 残雪满地 山荒路寂 天低云愁
一个身材魁梧的汉子披着大衣——何柱国
男儿有泪不轻弹　将军两股热泪抛洒在城头
莽莽大山犹如银蛇狂舞　发天地之愤慨

滔滔大潮冲击海岸　好像一群雄狮怒吼
江山壮丽之欲破碎　英雄豪气之蒙尘垢
国联假调停 政府不抵抗　三千里江山送狼口
不抵抗的耻辱背负在东北军每一个将士的身上
榆关内外　几百年埋葬的无数芳骨　也觉得心愧颜羞
日本洛合守备队长　对何将军既威胁又利诱
血管里流着中国血的壮士　岂能为豺狼当走狗
《辛丑条约》承认日本在山海关可以驻扎守军
看着敌人的横行　有气有泪只能往肚里流
敌人撕下面具　悍然向山海关中国守军开炮
将士英勇还击　用自己的血肉筑成长城
大将军出战　白日暗榆关　誓把天下第一关镇守
用最后一滴血为民族争生存　为国家争独立
为个人争人格　杀 杀 杀　和敌人进行殊死搏斗
敌人的坦克像一头头巨兽向中国士兵扑来
冰冷的履带轧着中国的国土　沾着中国士兵的血肉
山海关野蔓无情萦战骨　碧血漫流浸黄丘
安德馨营长和全营官兵为国殉难　英气荡千秋

热 河 失 守

汤玉麟　一个军阀让热河蒙上无法洗刷的耻辱
地势险要　几十万守军不战而退　热河落入敌手
困难当头　有多少贪财怕死的官员大发国难之财

这是他们的人生准则　越贪财越怜惜自己的头颅
汤玉麟视热河省为自己的家　肆意横征暴敛
预征老百姓的租税已经收到三十年以后
手下的将领侵吞军饷　吸毒贩毒残害百姓
热河省的百姓啼饥号寒水深火热无法忍受
这些民族败类　在天津沈阳修建豪宅别墅
百姓对政府积怨重重　士兵军心涣散无心战斗
战幕即将拉开　汤玉麟不顾国家存亡良心丧尽
往天津大量运送金银财宝　真是跳梁小丑
汤玉麟为了保狗命　弃承德逃天津形如猪狗
朝野上下为之震骇惊愕　愤怒莫名无由
中国军队政治上的腐败和落伍　再一次暴露
军事失败精神失败　让烈士的鲜血付东流
自古至今贪官污吏永远是国厦大梁内的蠹虫
腐败永远是国家灭亡的先兆 机体的毒瘤

喜峰口之战

汤玉麟不战而逃敌人乘胜追击　占了长城的冷口关
商震率部一鼓作气　借敌寇人马未歇夺关斩将敌胆寒
冷口之战是长城保卫战的第一个战役
几度陷落几度收复敌我争夺激烈　炮火连天
敌人进军受阻　调集兵力猛攻长城喜峰口
二十九军宋哲元派部队飞兵驰马去相援

赵登禹凌晨三点　领兵跃出长城夜袭敌营

烧战车杀敌酋　无限仇恨无限胆　视死如归亦坦然

二十九军战士挥舞大刀　向鬼子们的头上砍去

赵登禹身先士卒横杀直砍　饮敌血餐敌肉　豪气震群山

前边有东北的义勇军　后面有全国的老百姓

二十九军的弟兄们　抗战的一天来到了　誓死保卫我家园

二十九军的大刀　用血铸成了热血澎湃的音乐符号

斩杀日寇的大刀　用血铸成了保卫家园的礼赞

用血染红的大刀　挥舞起全国人民抗战的决心

用血染红的大刀　谱写出无数英雄的名字代代相传

七天七夜的激烈较量　敌我双方伤亡惨重

无数英雄壮士陈尸战壕　热血染红古雄关

壮士发出但愿疆场死　不愿苟且锦衣还的豪言壮语

这是二十九军将士崇高的信念　钢铁般的誓言

喜峰口城墙上弹痕累累尸骨遍野日月惨淡

守卫将士岿然不动气冲牛斗倚剑啸长天

不可一世的日军望着英雄的长城　威武的卫士

长城你是中国民族的象征　日寇扼腕仰天长叹

傅作义抗战

日军占领密云通县　气势汹汹继续南下
傅作义兵进怀柔固守涿州和日寇孤军奋战
血战八十八天　英雄事迹闻名四海天涯

牛栏山恶战　血肉横飞山河失色惊天动地
全连战士战死殆尽　仅余十人在战壕殊死拼杀
有的战士揣着手榴弹和敌人同归于尽
有的战士抱着敌人一同滚到深沟山岔
傅军将士立誓血可抛头可断　飞刀雪光迸出鞘
何应钦十二道金牌　傅作义被迫退兵　浊泪潸然而下
大青山建起纪念碑　天地含泪悼念阵亡将士
一阵北风一阵寒　古道上尽是哀哀哭啼的昏鸦
长城保卫战　再一次以中国政府卖国求和而告终
日本政府又向中国华北伸出了魔爪
蒋介石汪精卫终于在日本和红军之间喘了一口气
祭起攘外必先安内的宝剑　集中兵力把共产党剿伐

国联的"调停"

九一八事变　日本把侵略中国的战火点燃
东北国土相继沦陷　关东军紧锣密鼓策划建立伪满
东北军不抵抗的政策拱手葬送了三千里锦绣河山
蒋介石把停战希望寄托在一战后成立的国联
国联调查组从成立之时到沈阳调查结束用了漫长的三个月
路过东京游山玩水和日本天皇亲切会面
国联把日本的侵略归之中国共产党的破坏
高唱要和平自古都是攘外必先安定内乱
国联觊觎日本在东北所得的权势和利益
企图共同管理东北利益　豺狼虎豹都想均沾
《为抗日救国告全国同胞书》像一把利剑
揭露帝国主义的《调查报告》是一个无耻文件
众列强抑弱扶强野心勃勃　梦想重新瓜分中国
被激怒的全国民众救国团体　纷纷向国人致电
依赖国联极端错误　国人要一致猛醒誓死抵抗
求救不如自救 求人不如求己　燃眉之急岂能拖延
共产党发表宣言　国联报告休矣 李顿爵士发言休矣

蒋介石不抵抗政策休矣　中国的出路只有联合抗战
调查报告姑息养奸　日本侵略野心更是恶性膨胀
撕破伪装退出国联　准备发动全面的侵华之战

日军在东北暴行之一

伪 满 洲 国

打开历史 我思索着最常见的一个词——卖国求荣
国家危难之际忠臣和奸贼总是泾渭分明
历史上有多少出卖国家民族的昏君佞臣
以国家的主权作为换取权力的砝码
从刘禅到石敬瑭儿皇帝 再到清朝的溥仪宣统
侵略者企图霸占一个国家 视它为自己的殖民地
找出种种借口用来粉饰强盗的侵略行径
喜马拉雅山至今还会掠过西藏叛乱的几丝阴云
一些分裂主义者仍然做着东突分裂的美梦
一百年来总有人高唱台湾要"独立"的论调
日本几十年在中国东北不断策划着独立满蒙
清朝灭亡末代皇帝溥仪被赶出紫禁城
大清复辟 满蒙独立 两者一拍即合 臭气相通
关东军在天津给溥仪提供了各种援助

1931 年 11 月 8 日将溥仪用轮船偷偷运到辽东
关东军的头子勾结一群汉奸　紧锣密鼓四处活动
大搞促进建国运动　强奸民意处处演说游行
用看戏和军用饼干为诱饵　诱骗市民参加集会
流氓 地痞 娼妓 日侨 浪人 打手　一群帮凶
关东军操纵大会通过建立伪满洲国　脱离中国的决议
一伙汉奸组成请愿团　沿地散发传单点火煽风
1932 年 3 月 7 日　溥仪来到装修一新的长春火车站
盛况空前的场面　让溥仪激动的心久久不能平静
3 月 9 日　溥仪在本庄繁和关东军宪兵司令部的监视下
登上伪满洲国执政的宝座　从此为日本的利益执政效忠
"国名"定为"满洲国"　"国旗"为红蓝白黑满地黄"五色旗"
伪国都设在长春　改称"新京"年号为"大同"
汉奸张景惠代表伪满洲国名义发表《建国宣言》
郑孝胥代读《执政宣言》　真是一群无耻奸雄
伪满洲国的一切权力实际由日本人掌握
溥仪看日本人的眼色行事　步步如履薄冰
溥仪和武藤信义签订了《日满协定》卖国条约
一群汉奸把东北和祖国分离　给日本人拱手相送
中国东北从此变为日本法西斯的殖民地
在日伪残酷的统治下　东北人民暗无天日民不聊生
日伪军队挥舞屠刀　屠杀东北三千万同胞的抗日意志
十四年的血泪 十四年的哀怨 十四年的反抗斗争
日本人的太阳旗 菊花刀　用中国人的血在祭奠

血染的五色伪满旗　飘扬在中国东北的领空
悲哀啊　走狗总是用自己的私利挑战国家的尊严
悲哀啊　亡国奴的帽子上总是插着卖国求荣的官翎

日寇细菌战

我站在哈尔滨侵华日军七三一部队遗址前
不堪回首的往事　像重锤敲击着我的心房
狰狞粗壮的铐链　锁着中国人愤怒举起的双手
残杀与反抗 侵略与正义　良心泯灭人性沦丧
我随着低沉的讲解声　走进让人毛骨悚然的军营实验所
难以置信的画面　让人惊骇的实物　我牙齿咬得咯咯直响
这里记录着"大东亚共荣圈"背后惨绝人寰的种种暴行
人兽相差能有几 野兽比人狠莫及　让人难以想象
我望着那些解剖活人的剪刀　钳子　手术刀
穿白大褂的"天使"　戴着口罩站在活人标本旁
口罩下面遮盖着的是否就是妖魔的青面獠牙
金丝边眼镜后面的眼睛是否把万道杀机藏
他们从长春骗来一个十二岁的流浪小男孩
打上麻醉针　两个野兽抬着小孩放到实验床上
实验师仅仅一刀　熟练划开儿童的小肚皮
手脚麻利面不改色　取出鲜活的血淋淋的内脏
小小的心脏似乎还在液瓶里挣扎跳动
切开的肉体像断头的羔羊　眼里流着泪和悲伤

一群"实习生"贪婪地瞅着尸体　拿着手术刀一拥而上
你一刀他一刀　刀刀沾血群兽狂 刀刀沾血效忠天皇

一份份证言　揭露了一群白色妖魔的弥天罪状
一幅幅图景　燃起了胸中的怒火千万丈
他们把抓来的中国俘虏士兵和平民百姓做活体实验
他们把鼠疫细菌注射在五名中国人的身上
眼睁睁地看着五名"马路大"痛苦地死去
取出内脏　尸体不是扔在井内就是焚烧火葬
野兽们强行把细菌注入活人体内做实验
仅仅九个月　一百九十名受害者因细菌而死亡
零下四十度的冬天　日寇穿着皮大衣戴着皮帽
十几根"木头"站在雪地里　衣服全部被扒光
"木头"的肢体渐渐被冻成一根根肉体冰棍
禽兽拿木棒敲打发僵的身体　发出嘭嘭的脆响
敲断手指打断大腿耳朵粉碎皮开肉绽
用温度不同的水做实验　寻找如何治疗皮肤冻疮
把打碎的人体全部扔在凶猛的狼狗群里
狼狗争先恐后撕吞肢体　感谢它的主子无私赐赏
野外进行活人细菌弹实验　敌人更是残忍疯狂
城子沟 安达 陶赖昭是他们的野外实验场
一根根"木头"被野兽用铁链捆在柱子上
飞机投下的鼠疫菌弹炭疽菌弹　在"木头"群中炸响
"木头"撕心裂肺地惨叫"白衣天使"们在惨叫声中提取样本

一具具尸体不是在焚尸炉里燃烧　就是掘坑埋葬
七三一这个人间魔窟　生产了大批毒气和细菌
运送到前线　投放在侵略中国的每一个战场
用细菌毒杀中国军队　屠杀中国无辜百姓
几十万人在细菌战中丧生　罪恶累累 暴行桩桩

我站在侵华日军七三一部队遗址前　怒火燃烧胸膛
我的心里掀起一层又一层愤怒的激浪
这儿曾创下世界生物战争中的五个第一
这儿曾聚集世界上一切灭绝人性的再生工厂
焚尸楼的烟囱日夜冒着人肉燃烧的黑烟
黑烟祭起无数死鬼冤魂　仇恨填满咆哮的松花江
四方楼的手术台有多少活人被残忍解剖致死
深埋在地下的具具白骨　怒视着魔鬼石井四郎

掠 夺 资 源

我记得前几年有人在我面前赞扬日本
日本人买下外国的黑金子　在自己的海底贮存
也许他们现在这样做是造福子孙后代
侵华战争类似的暴行就应该另当别论
东三省森林茂密土地肥沃河流纵横矿产丰富
关东军筑铁路开煤矿办工厂处处采伐森林
煤都抚顺变成日本帝国在中国第一个黑色宝库

四十年向本国运回的黑色金子有两亿多吨
堂而皇之把掠夺的煤炭埋在自己的海底
带血的煤块是否能说明　日本帝国这是造福于子孙
利用伪满洲国的合法外衣　联合开发条约统统出笼
石油　钢铁　大豆　木材　漂洋过海运往日本
处处开采处处破坏　对矿产资源犹如饿狼　饥不择食
东北好多矿产资源面临枯竭　资源萎缩提早来临
每一块煤每一块铁都饱含着中国矿工的血和泪
长长的列车 巨大的轮船　也在倾诉着矿工的悲愤
人肉开采是日本人实行的惨无人道的开采政策
设备简陋劳役繁重　矿工好似牛马猪狗而非人
累死的矿工身首异处　暴尸荒野无人过问
无数个万人坑掩埋着千千万万矿工的冤魂
本溪铁矿炼人炉遗址　铭记着日本明生队的罪恶
老虎台万人塔堆砌着无数矿工的血泪和仇恨
一个矿产贫乏的小岛　掠夺才是他们的最高宗旨
久保孚题字　"采炭报国"暴露了它们的侵略野心
深埋在日本海底　饱含中国矿工血泪的煤炭啊
你的家本来在中国　是日本人把你们吞侵

日本开拓团

日本大陆政策首先向外派遣开拓团
狼子野心昭然若揭　开拓土地首选朝鲜和伪满

资源掠夺人力掠夺只是局部决策战略

土地掠夺才是永久性的战略——固本开源

五百万移民计划　写在大日本帝国的国策上

一批批日本移民　涉洋过海到中国东北建立"乐园"

关东军在海伦"扫荡"屠杀了四个村的男女老少

六百多个日本人　侵占了中国农民庄园　霸占家产

肥沃土地一夜之间落到当今倭寇的手里

他们摇着太阳旗 端着枪拿着刀操着日本语

在中国的土地上开拓疆土立业屯田

关东军为了给日本移民清理出大片土地

在依兰烧杀抢掠造成方圆七十五里荒无人烟

一千间房屋被烧毁　几千个中国农民被杀害

我同胞携幼扶老背井离乡流离失所苦不堪言

日本移民团的成员有壮年有青年也有少年

他们不但耕种土地而且进行军事训练

平时种地战时拿起枪开拓团变成人肉墙

日本青年童子军作恶多端　残忍本性更比老年凶残

随着中日战争的推进　这些移民大部分弃农参战

效忠天皇　玉碎战争是武士道精神的"信仰"和"誓言"

日本战败后　东北留下十八万开拓团的妇女和儿童

中国发扬人道主义精神逐月逐年往日本遣返

中国农民收养了四千多名开拓团留在中国的遗孤

三十年后强忍泪水把异国的亲人送还

尽管你的爷爷你的父亲杀死了我们的亲人

深仇大恨我不能在一个无辜的孩子身上清算

尽管我们血管里流的不是一个种族的血

我们是一衣带水　你吃过我的奶吃过我喂的饭

几十年我朝盼升起的太阳　夜望西落的月亮

几十年我梦里漂洋过海　深情悠悠把你思念

劳　工

你是溅血的往事

你是流泪的记忆

你是凝固的国耻

你是无奈的奇迹

啊　流成河的同胞血

啊　驱不散的劳工魂

还在你的噩梦里

————崔彦海

东宁县老城子沟村北山冈有一片劳工坟

几千个黄土墓冢　阴风冷冷枯枝满地白草萋萋

没有卷瓦没有墓碑　坟地里游荡的尽是野魂孤鬼

那一段悲惨岁月让后人无法遗忘永远铭记

在日本的铁蹄下不知有多少人被抓去当了劳工

伪满洲国的"劳力服役法"　一个人每年要有几个月的服役

几百万劳工为日本挖矿山修军事筑铁路

繁重的劳役非人的折磨世界上绝无先例

铺的碎席头 穿的麻袋片 是劳工苦难生活的写照

死了卷席头 骨头成山头 是劳工悲惨命运的结局

一座工事建成后为了保护军事秘密不泄露

所有劳工不是活埋就是拉到野坟岗枪毙

从长白山到松花江处处都有被葬埋的劳工白骨

每一棵草每一滴水 都在为十四年的人间灾难悲泣

日本人把中国四万多劳工强行运到"王道乐土"

上至七八十岁老人 下至十一二岁小孩 充当名存实亡的奴隶

监视劳工的工头 尽是些生性暴戾手段残忍的兵痞

战场上退下来的伤残军棍 对待中国劳工变本加厉

面对灭绝人性的虐待 中国劳工爆发了花冈暴动

暴动虽然失败 中华民族气节却永远载入史册

时间已经跨入新的世纪但历史难以尘封

万人坑的累累白骨有几人在为他们插柳焚纸

漫漫的劳工索赔路 为什么几度欲胜几度败

冤死的劳工啊 朗朗乾坤悬剑日 自有还我公理时

慰 安 妇

慰安妇 一个奇特的名称在日寇侵华战争中滋生出现

一群群妇女随着军营 给日军官兵的兽欲慰安

东北东宁县至今留有当年慰安所的遗址

废墟里埋葬的慰安妇 淌着血泪控诉禽兽的残暴野蛮

这些慰安妇有来自日本 来自朝鲜 来自东南亚
中国沦陷区的妇女也被他们用各种手段抢来摧残
慰安妇象征人类战争史上丧失人性的耻辱
慰安妇是残害玷污女性的毒瘤在日军中蔓延
十三四岁的女童　六十多岁的老妪统统都不放过
无休止的蹂躏　兽欲的发泄　让世界为之愕然
精神上的摧残 肉体上的折磨　世界战争史上前所未有
所有人间的暴行　野兽的贪婪在慰安所无耻上演
猪狗般的生活　昼夜车轮般的受辱　畸形的心灵
仇和恨 血和泪　鞭子下的服侍 刺刀下的笑脸
山沟野洼到处抛弃着被摧残奄奄一息的慰安妇
刀劈枪毙 野狼夺食　炼尸炉冒着慰安妇尸体的黑烟

在日本慰安妇行列中还有一支特别战斗队
她们既充当随军的日本军妓　又经过军事训练
这些军妓有学生有职员也有良家妇女
好战狂潮 心理变态　为国舍身来到战地前线
一所日本女子中学有三十九名豆蔻年华的少女
自愿报名充当慰安妇　父母亲自送上去中国的战船
在缅甸公路一座大桥的中日争夺战　炮火异常激烈
弹片横飞硝烟弥漫杀声震天白刃肉战
八十名日本随军慰安妇毫不犹豫投入战斗
直至堡破人亡"杀身成仁"为天皇效忠归天
也可能这是武士道精神的"崇高"和"伟大"

也可能这是武士道烟花女子"有泪不轻弹"

慰安所的历史已经揭过去八十多载

日本军队的丑行至今让世人为之羞耻汗颜

当年的日军　你们是否祭祀过被你们蹂躏致死的灵魂

教科书上是否宣扬战争史上　你们这一"独到"的卓见

日本政府　你们是否为当年人类罕见的兽行忏悔

日本政府　你们是否为当年的慰安妇赔款道歉偿还

满头白发的李凤云 满脸皱纹的池桂兰

一根白发饱含着一个仇恨 一道皱纹铭刻着一道心酸

道道血滴滴泪 道道仇滴滴恨　血仇大恨深似海

咆哮奔腾的松花江　流也流不尽说也说不完

集 团 部 落

血腥统治 残酷镇压　历来都是反动统治者的伎俩

邪恶害怕正义 压迫害怕反抗 黑暗害怕阳光

日本侵略者为了加强对东北人民的残酷统治

伪满洲国颁布了建设集团部落的各种制度规章

用刺刀驱赶百姓　把一百多户农民集中在一起

砍伐树木破坏村庄烧完农民所有的住房

部落外围挖下既宽又深的沟壑　灌入臭水

高高土墙上全部架上层层带电的铁丝网

部落四角的炮楼上　特务警察好像凶恶的鹰犬

监视着部落农民的行动　不准随意来来往往

清乡归屯　企图切断抗联与人民群众的联系
匪民分离　妄想扼杀东北人民的对日反抗
一千公里肥沃的土地上　到处都是无人地带
五百万农民被赶入集团部落　陷入狼窝魔掌
从白山黑水到长城边　千千万万村庄变成了焦土
几百万农民牵衣顿足拦道哭　流离失所诉愁肠
凶恶的日本宪兵特务警察　随意出入集团部落
主宰着部落人的生杀大权　乱抓乱杀奸淫掠抢
村庄里到处是逃屋无人草满家　累累秋蔓悬寒瓜
日寇太上皇 汉奸横乡里 鸡犬无安处 百姓尽遭殃
因瘟疫而病死 因饥寒而饿死 因服役而致死者不计其数
每个集团部落史都记载着东北农民一本血泪账
夜幕下的黑土地蕴藏着无数反抗的怒火
熊熊的抗日烈火　将会汇成埋葬侵略者的海洋

奴 化 教 育

甲午战争后　日本提出对中国居民进行奴化教育
当务之急疏导清国官民　"互相亲善共存共荣"
通过宣传教育　企图促进"日满文化"大融合
"日满"协力合作达成共识 "日满"永远维护远东和平
语言是民族同化的桥梁　日本要在伪满强制推行日语
用"皇国之道 王道教育"　牢牢统治中国的关东
"民族协和"　和善的字眼下掩盖着狼子野心

侵占大东亚和世界才是日本天皇的无上殊荣

奴化教育要把中国变成永久性的殖民地

伪满洲国的教育宗旨　在东北全面推行"王道"主义

到处兜售所谓亲仁亲善人类相爱　奴化青少年的心灵

用殖民教育铲除青少年心中的民族观念

泯灭青少年的反抗意识　达到永远统治伪满的美梦

儿皇帝溥仪扬言与日本天皇精神融为一体

"日满"一德一心是建国精神之根本　促进"日满"之大同

号召东北人民效忠天皇和"友邦精神"保持一致

发扬"东方王道"是奠定两国基础之永恒

日本关东军密令全部断然铲除排日之教材

废除三民主义　严查共产主义的书籍和言行

"日满"四个月查禁烧毁红色书籍六百五十万册

伪满洲教科书篡改中国的历史　为"王道"政治粉饰歌颂

伪满洲国的学生穿着日本兵的军装　向天皇陛下宣誓

遥拜天皇近拜溥仪　要虔诚听从国民之训令

大肆向学生灌输伪满不是中国领土的反动谬论

否认日本侵华史实　侵略目的为了"大东亚共荣"

为了适应战事　在学校增设了军事训练

勤劳奉仕　视学生为苦力　参加各种繁重的劳动

十几年奴化教育　并没有征服中国人的心灵和意志

拨开层层迷雾　牢牢记住日本企图灭亡中国的史证

日本人在东北的暴行之二

平顶山惨案

当年平顶山人烟茂

一场血洗遍地生野草

捡起一块砖头

捡起一根骨头

日寇杀死我们的父母和同胞

血海深仇永难消

——平顶山歌谣

日本一部电影《死亡的饯别》极力宣扬昭和之烈女

日本妇德的光辉典范　感动了日本千家万户

井上清一佳期如梦　温情绵绵乐极忘返

千代子在蜜月之夜　割破手腕斩断情丝以死劝夫

大动脉喷出的血洒在写满为国而战的遗书上

效忠天皇征服中国是我们大日本的殊荣

《军人妻子之鉴》像血染的雪片　在日本岛上满天飞抛

血色的祭奠　狂热的吹捧　送夫参战的妻子　送儿当兵的父母

皇后亲自驾临主持井上千代子的遗德宣彰会

狂热的战岛上　再一次罩上让日月无光的战雾

井上清一默默登上了军舰　走上中国战场

每天晚上用沾有中国人血的战刀　在亡妻遗像前挥舞

1932 年 9 月 16 日　抚顺平顶山天昏地暗阴云滚滚

杀气腾腾的日本兵把平顶山村团团围住

带队的日本军官是井上清一 小川一郎

挥舞指挥刀　拉着蜡黄的脸　暴怒的鳄鱼眼往外鼓

强迫村庄所有居民集中在山前草坪广场上

稍有违抗命令　鬼子举起战刀　任意杀来任意屠

井上清一拉长嗓音　为了安全每个人都要"照相"

一个震惊鬼神的血腥屠杀计划拉开了序幕

草坪四周站满凶神恶煞荷枪实弹的鬼子兵

四周山崖上架着六个"照相机"　全部蒙着黑布

人们看到自己的村庄　冒起浓浓的黑烟

才意识到将有一场大灾难向几千人围扑

井上清一恶狠狠地望着手无寸铁善良的人群

口里念着千代子　我手中的战刀岂能把"支那"人饶恕

揭开"照相机"上的黑布　露出黑洞洞的机枪口

一道道罪恶的火蛇　齐向三千多人身上猛吐

孩子在哭　大人在骂　爷爷护着孙子　母亲抱着婴儿

横尸遍地血流成河　天地泣号惨不忍睹
一个活命也不留　井上清一怪叫着进行第二次屠杀
一刀接着一刀 一枪接着一枪 砍头挖心剖人腹
三个多小时的屠杀　井上清一脸上露出欣慰的笑容
跪在地上双手捧着战刀向千代子的亡灵倾诉
假使千代子的幽灵看到三千多具被杀的尸体
是否会想到丈夫的壮举是妖是狼还是虎
第二天焚烧了三千多具尸体　炸毁山石企图掩埋罪证
可苍天有眼　历史怎能掩盖地下愤怒的累累白骨

依兰大屠杀

日本的拓务省和伪满洲国相互勾结强占民田
广大贫困的农民失去土地失去了家园
依兰县七八十公里以内的庄园被烧毁
一片又一片肥沃的黑土地被日本人强占
失去土地的农民　生活无依无靠无援无助
衣不遮体 食不果腹 颠沛流离 啼饥号寒
哪儿有压迫哪儿就有反抗　这是几千年的普遍真理
面对掠夺面对屠杀　东北人民举起驱狼之剑
有的农民自发组织起抗日抗满的护田队
不畏强暴不畏屠刀　坚决抵制日本开拓团
有人烧了敌人的营房　杀死敌人的宪兵特务
背起刀拿起枪到深山老林参加了抗联

有人昼夜潜伏袭击鬼子　搞得敌人鸡犬不宁
以血还血以牙还牙　惩处祸国殃民的伪满汉奸
有人炸敌人的车 杀敌人的马　抗日标语处处可见
驱逐倭寇收复失地　推翻伪满政府还我河山
1934 年 5 月 11 日　"日满"调集大批军队 飞机大炮
对依兰县的农民大开杀戒　鸡犬不留草木皆燃
从山区到平原处处燃起镇压农民的魔火
从城镇到乡村处处是鬼哭狼嚎妖枪魅弹
一个屯子接着一个屯子 一个村镇接着一个村镇
见人就杀见房就烧见物就抢见女人就奸
强盗与主人在这次掠夺和保卫土地的争夺战中
日寇再一次犯下累累罪行　屠杀农民有两万

安东教育界惨案

不甘当亡国奴的青年学生东北军　纷纷流亡关内
唱着《松花江上》　背负着失掉家园的耻辱
失掉亲人的悲痛怀着满腔仇恨　饱含苦难的眼泪
控诉日本人的暴行　思念在屠刀下死亡的衰老爹娘
无穷无尽的宝藏　梦里边萦绕着壮丽的白山黑水
我们有华夏古老的文明　我们有雄伟的黄河长江
起来吧 东方沉睡的雄狮　怒吼吧 四万万同胞兄弟姐妹
以头颅筑成新的长城　以热血埋葬万恶的敌人
知识分子李献庭组织起东北民众抗日救国会

伪满教育厅厅长孙文敷　正义凛然愤怒而起
抵制日本的"皇道"教育　一定要把中华文化捍卫
号召爱国的教师和学生举起抗日的大旗
面对敌人的淫威　我们要傲然屹立不低眉
抗日救国会像雨后春笋遍布东北大地
抗日救国的吼声像二月龙抬头的春雷
航行的道路上往往有暗礁有狂飙有激流
特务破坏　汉奸出卖　敌人屠杀　还有疯狗的狂吠
大批救国会会员被"日满"特务秘密逮捕
毒刑拷打非人审讯犹如魔匪胜似魔匪
面对带血的鞭子　面对恶森森的一群狼狗
面对烧红的烙铁　英雄们不屈不挠无怨无悔
邓士仁坚贞不屈慷慨赴难抛尸在野狼窝
秦有德怒言相斥　高喊我不为中华我为谁
三百多名救国会的英雄儿女几乎全部被杀害
牢房里铮铮铁骨　刑场上涓涓碧血　于民族问心无愧
安东教育惨案　救国会付出了惨痛的代价
野火烧不尽 春风吹又生 三千里江山映春晖

老榆树上的铁环

新宾县北侧后山坳里有一棵上百年的老榆树
枯死的老榆树身上悬挂着一副粗粗的铁环
铁环上至今残留着当年老百姓被残害的血迹

岁月的风尘至今无法掩灭过去仇恨的火焰
这里曾经是兵匪组成抗日义勇军抗击日寇的地方
这里也曾活动着共产党员杨靖宇率领的抗联
这里曾经住着三十一万所谓的"红色思想匪"
这里有过无数的万人坑　热血淹坑白骨填
日寇在新宾强迫推行集团部落集家并屯
方圆一百多公里的地方荒草丛生人稀炊断
他们把无数普通村民　用刺刀赶到万人坑前
扬言通匪就是"赤匪"　用机枪把人全部杀完
万人坑前的榆树上钉着铁环　铁钉铁铐子
割下百姓的头以通匪名义在老榆树上高悬
伪军奉命到老树林剿匪民　空跑一天无有所获
抓来三百平民百姓到日军司令部冒领赏钱
三百名群众被捆在木桩上当活靶练刺杀
扬言这是通匪的下场　被害者双眼冒着愤怒的火焰
有一次铁环上悬挂着四名抗联战士的头颅
放出一群狼狗　比赛看哪条狼狗吃人能领先
日寇在棺材板里钉上无数锋利的钢钉
把抗联战士装在棺材里　使劲摇晃上下翻滚
听着受刑战士撕心裂肺的叫喊　刽子手放声浪笑
日寇创造发明的刑具　让阎王爷见了也心惊胆战
新宾县九一八事变前共有人口三十一万
1945 年日本投降时仅剩三分之一　几乎全是老弱幼残
十四年的漫漫长夜里　有的人不甘忍受四处逃亡

大部分平民百姓在日寇的屠刀下命丧黄泉
全县无数万人坑至今埋葬着成千上万具白骨
不甘屈服的嶙嶙白骨　磷光照旧恨　至今泪未干

五女坟的控诉

在朝阳北水泉沟有一处日寇暴行的遗址
五女坟的坟头上至今笼罩着五姐妹的冤魂
坟边的野山花落了一茬又开了一茬
带血的花瓣凋落在地上伴随着黄尘
时间在飞驰　日月在交替　往事犹如空中的云烟
日本的暴行刻在心头　至今让中国人民无法容忍
日军小野被抗日义勇军歼灭在北水泉沟
日伪军把报复的屠刀挥向无辜百姓平民
他们调集了日军骑兵一百五十人　马嘶人叫凶神恶煞
几百个伪军汉奸将三个自然村团团围困
用刺刀逼着群众聚集在几间破屋子里
机枪开前道 刺刀步后尘　杀了一群又一群
日寇冲进一家茅草房发现了年轻的五姐妹
好像一群发狂的野兽　亦像一群无耻的淫棍
五姐妹的父母发疯似的保护自己的女儿
十几把刺刀同时插进两个老人的身体　灭绝人伦
十九岁的姐姐奋不顾身保护八岁的妹妹
五朵鲜花被十几条恶狼任意摧残奸淫

二姐愤怒拿起铁锤砸向一条恶狼的秃头

三妹不顾一切拿起剪子刺向暴匪的下身

野兽恼羞成怒哇哇怪叫　将五个姐妹捆在一起

浇上汽油　五个花季般的生命在烈火中骤殒

北水泉沟处处是枪声　处处是惨叫声　处处是火海

上百户人家一晌之间房子被烧完人被杀尽

逃走的人几天后回到村里　望着凄惨的情景

没有眼泪只有仇恨　在废墟中寻找亲人

五姐妹手拉手在火海中已经丧生　死不瞑目

含着羞辱　含着悲愤　紧紧拉着手死后也不分

人们掉着眼泪把五姐妹埋在一起　取名五女坟

每年清明节　人们到坟前　悲情仇恨两深深

四百冤魂殒西江

日伪军为了扑灭抗日烽火　手段卑劣玩弄种种花样

频繁不断的武装讨伐　假惺惺的哄骗收降

日本在桓仁县成立了东边道特别工作部

威胁和利诱　企图瓦解东北的抗日力量

哄骗一些人刺破左手的虎口揉进墨迹

假言这些人变成良民　安全从此有了保障

有一天狂风呼叫大雪纷飞天气异常寒冷

日伪军把四百多名良民强迫送到县城关进牢房

这些良民一天没有吃饭饿得奄奄一息

到了半夜手和脚被日本鬼子牢牢捆绑
良民还没有清醒已经全部被赶在室外
十几辆汽车拉着良民　来到桓仁县的西江
冰雪封盖的西江　似乎预感到一场大灾难即将到来
北风狂卷着雪花　纷纷扬扬也为之哀伤
伪军早已在江面上刨出五六个大冰洞
一个个冰洞好像张着血盆大口的恶狼
每个冰洞边站着十几个端着刺刀的鬼子兵
咧着嘴 龇着牙　杀气腾腾眼里喷出绿色凶光
伪军扒光良民的衣服　连推带拉掀到冰洞旁
几十把刺刀同时举起　鲜血喷出良民的胸膛
杀戮　一个接着一个　再杀戮　一排接着一排
良民一个一个倒下　尸体被抛到冰封的西江
四百多个良民不到一个时辰全部被刺死
为了掩盖罪证　尸体葬江底　热血被大雪覆藏
罪恶的车轮沾着鲜红的血在雪地里呼啸而过
热血融化了地上的雪花　血迹两行恨两行
奔腾的江水在厚厚的冰层下隆隆地吼叫
愤怒的苍天也在倾诉日寇的兽行　雪飞舞　风更狂

熊熊的烈火

豺狼杀我的爹娘　烧毁我的家园
奸淫我的姐妹　侵占我的沃土良田

我们不当亡国奴　　起来团结抗战

我们不当亡国奴　　起来杀敌保家园

——纪守先

刑场上一个青年昂起不屈的头　　高唱抗日战歌
面对敌人的屠刀　　昂首阔步 视死如归 大义凛然
他就是大连国际反帝情报组织的主要领导
风华正茂 热血沸腾　　矢志报国的爱国青年纪守先
本来我们有幸福的家　　安静的学习环境
九一八毁掉我们的家　　毁掉我们平静的校园
日寇铁蹄肆意践踏我的家乡　　黑土地上满身疮痍
国民党政府不抵抗把我们推向亡国奴的深渊
自古国家危亡匹夫有责　　国家有难匹夫承担
我们是抗日英雄的健儿　　我们是热血沸腾的青年
我们自发组织起来　　承担起抗日救国的重任
以放火为枪炮　　战斗在敌人的心脏铁路沿线
烧仓库 烧物资 烧营房 烧战船 烧火车
熊熊的抗日烈火烧红了东北的莽莽群山
熊熊的抗日烈火烧红了东北的斗争战场
日寇咬牙切齿把抗日的烈火称为放火团
他们派遣无数汉奸特务在跟踪 在监视
几十次大搜捕企图扑灭放火团的抗日火焰
三千多名放火团的英雄青年被逮捕 被残害
英雄赴汤蹈火 视死如归 昂首高歌 松涛恸江寒

一群英雄壮士用鲜血谱写出一曲曲悲壮之歌
抗日战争史上记载着大连抗日放火团不朽的功勋
日寇侵华罪恶史上永远铭刻着这桩血淋淋惨案

血染老黑沟

一个日本老兵跪在八十多年前的杀人场前忏悔
是什么原因让我在此地犯下不可饶恕的滔天大罪
来华前我也有贤惠的妻子可爱的女儿温馨的家
家庭舒适安逸的生活让我常常在幸福中陶醉
为"皇道"而战的战争浪潮　冲洗了我的爱心
坐上战舰 端起刺刀 远渡重洋　从人变成魔鬼
在中国见人就杀见房就烧　似乎是我们日军的道义
见财物就抢见妇女就淫　是我们武士道崇尚的行为
八十多年前　在血洗老黑沟的一次军事行动中
有一幅惨景　历历在目　至今让我夜半惊醒不能安寐
一天晚上我们出动了一千二百人日伪讨伐军
空陆军互相配合　到老黑沟清剿抗日"赤匪"
白天休息晚上杀人是我们制订的杀人方案
集体屠杀全村灭完一人不留　行动要事半功倍
几十个活人被埋在土坑里露出脖子和人头
狗咬刀劈惨不忍睹手段狠毒为世界之最
我领着一个士兵气势凶汹闯进平民李显延的家
开枪打死李显延　用刺刀插进李妻的大腿

两三岁的小孩子抱着妈妈血淋淋的尸体在哭叫

我举起刺刀毫不犹豫地刺进孩子的后背

挑起孩子贴在屋子的墙上狠劲地往墙里刺去

一双颤动的小手慢慢地慢慢地往下垂

血洗老黑沟共杀害无辜百姓两千余人

七处杀人场血流如河尸堆如山　天地也为之落泪

日本战败我回到了国土看到我的妻子和孩子

良心的回归令我几十年背负着血债又恨又悔

谁不想有一个安静的生活　团圆幸福的家

谁不想在和平环境里沐浴春天的朝晖

当年的侵华战争　给中国人民带来无法估量的灾难

我也是灾难的制造者之一　千秋罪人至今有愧

西安事变

极目长城东眺望　江山依旧主人非
深仇积愤当须雪　披甲还乡奏凯归

　　　　　　——张学良《游华山感怀》

将近三千年前　临潼骊山镶嵌着一个耻辱的标记
烽火台至今诉说着褒姒和幽王那段亡国的恋情
华清池青石台阶上　刻印着安禄山造反的马蹄印
一曲《长恨歌》是红颜祸国还是生死恋情
舞台影视小说历史从古至今是是非非争论不停
七十九年前骊山上铭刻着一段让人难以忘怀的历史
说是耻辱有点过分　纵观历史变化也包含着光荣
中国的命运在这耻辱与光荣的分水岭发生了变化
沧海横流国家危难之际方显擎天英雄
张学良杨虎城为了实现抗日救国　置生死毁誉于度外
顺应历史潮流双十二为民请命　兵谏蒋介石在临潼
亲日派何应钦以讨伐张杨的名义　欲置蒋介石于死地
共产党深明大义赴西安从中调停避免了一场战争
蒋介石被迫承诺　停止内战团结各党派一致抗日

国共两党第二次联合以国家以民族利益为重
西安事变洗刷了张学良不抵抗将军六年来的耻辱
西安事变显示了杨虎城西北将士的亮节高风
西安事变后张学良被软禁　百年残灯遗恨在孤岛
十三年后杨虎城一行七人被国民党残杀在重庆
功功过过生生死死　百年后无须再追说恩恩怨怨
我们的奋斗我们的流血　都是为了中国今天的复兴

七七事变

卢沟桥的枪声

卢沟桥　卢沟桥　男儿坟墓在此桥
最后关头已临到　牺牲到底不屈挠
飞机坦克来勿怕　大刀挥起敌人跑
卢沟桥　卢沟桥　国家存亡在此桥

——《卢沟桥歌》

古老的卢沟桥横跨在北平宛平县的永定河上
八百年的风风雨雨　见证着这座古桥的沧海桑田
成吉思汗的铁蹄跨过石桥　挥戈南下统一了中国
朱棣踏着石桥夜观星斗　大明国都迁都于燕山
李自成两过石桥灭大明建大顺　亡于大清帝国
大清国马踏石桥无数次　江山演绎二百七十余年
桥上的石狮　目睹了八百年无数英雄金戈铁马激烈鏖战
桥上的石柱刻印着八百年　中华大地朝代更迭风云变幻
时间定格在公元 1937 年 7 月 7 日深夜
卢沟桥的石狮子瞪着血红血红的双眼

七零九一八

永定河的水似乎有一股隆隆的雷声滚过

闷热的风卷着一团火球　要在天空中爆燃

稀疏的几声枪响　划破了北平闷热的夜空

日本人无理取闹　说有一名士兵训练走失未还

无视这里是中国的领土　强行进宛平城搜找失踪的士兵

中国官兵义正词严　决不准许虎狼进城越栏

谈判桌上　一木清直以武力威胁我方代表王冷斋

县长王冷斋针锋相对义正词严　毫不畏惧愤斥敌顽

8日清晨5时　日寇突然向宛平县城发起炮轰

日军在卢沟桥头向我们的守卫战士突然开战

怒火早已烧遍将士全身　热血早已冲上我方将士头顶

人格岂能让日寇玷污　国土岂能让敌人侵占

忍辱负重亦非一日一年　祈望和平亦非一朝一夕

中国战士枪口喷出怒火　敌人胆敢来犯我必歼

卢沟桥的枪声　把中华民族全面抗战的战火点燃

卢沟桥的枪声　全国组成了民族抗日统一战线

卢沟桥的枪声　向我们揭示了日本奸狡残暴贪婪

卢沟桥的枪声　告诉中国　别无他途只有奋起抗战

中国共产党号召全国人民团结起来　以民族利益为重

红军将士请愿在委员长领导下　为国效命抛却前嫌

蒋介石在庐山慷慨陈词　抱定牺牲一切之决心

驱除万恶的倭寇　保卫中华之领土　维护民族之尊严

七七事变的枪声唤起了中华民族的觉醒

七七事变的枪声激起中国人民抗日的巨涛狂澜

回龙庙之战

仇恨深深压在心底　　一旦爆发就像火山一样
日本人的横行　　早已激起二十九军将士怒火万丈
在我国土上大搞军事演习　　犹如侮辱我的母亲
和谈退让　　更加助长了侵略者贪婪野心的膨胀
九百名日军气势汹汹围攻我军阵地回龙庙
日军突然开枪　　排长沈忠明中弹　　为国捐躯英雄阵亡
愤怒至极的二十九军战士喷出了复仇的火焰
为了捍卫民族的尊严奋不顾身冲向战场
大刀砍下日军的头颅　　子弹射穿日寇的胸膛
二十九军不是东北军　　背负了六年的罪名——不抵抗
两个排的兵力经过激战几乎全部壮烈牺牲
碧血染红了滚滚的永定河　　壮歌一曲谱写在回龙庙上
8日的夜晚　　狂风大作电闪雷鸣暴雨如注
滚滚咆哮的永定河也为牺牲的战士哀伤
暴雨过后　　沉沉的夜幕笼罩着广阔的田野
愤怒的青纱帐也在为以身殉国的英雄悲声高唱
团长吉星文愤怒之火难以平息　　带领青年战士突击队
跃下城池为死难战士报仇　　誓将日军一扫而光
城下日军不是做了刀下鬼就是跪地求降
拼生死　　胆亦壮　　劈倭寇　　保家邦　　血债要用血来偿
一个十九岁的英雄小战士挥舞着大刀

勿忘九一八

刀光闪闪头落地　十一个日寇在他刀下把命丧
回龙庙的争夺战　铁路桥的攻与守　几经反复　几经进退
三失守　三攻取　肉搏战　战犹狂　生悲死犹壮
二十九军奋勇激战　击破了日军迅速侵占中国的美梦
日本人又在玩弄停战和谈　实为拖延时间调兵遣将

平 津 失 守

日军从关东从朝鲜　调来大批精锐部队进了山海关
有空军有海军　对北平和天津形成层层包围圈
宋哲元开始出于对权力的失与保　前怕老虎后怕狼
希望仍然寄托在对豺狼的退让与和谈
蒋介石在庐山发表国家到了最后关头的讲演
地无分南北　年无分老幼　抱牺牲之决心　守土抗战
共产党再一次郑重发表宣言　保卫国土何惧生与死
全国人民齐怒吼　黄河长江卷起抗日的狂澜
宋哲元面对日军的威胁和利诱　终于拍案大怒痛斥贼寇
我誓与北平共存亡　向全国发出誓死守国土的通电
将士浴血战死疆场是大道　大丈夫有泪不轻弹
全民亦悲亦怒大支援　血洒戎衣奔赴前线
廊坊不幸失守　切断了北平和天津部队的退路
南苑中日激烈战斗　双方伤亡惨重　血染疆场　尸堵残垣
日军武器精良　作战计划周密　冲破了我军南苑的防线
我军装备落后　仓促应战　最终失去了北平的门户南苑

佟麟阁　赵登禹两位将军壮烈牺牲　为国捐躯
无数将士人马饮弹　陈尸沙场　血洒沃土　人鬼共眠

南苑失守的同时　日军派重兵围攻天津城
陆军进攻　海军发炮　飞机在空中轰炸盘旋
守卫天津的五千名官兵　毫不畏惧奋勇歼敌
猛烈进攻日本占领的东局机场和天津总站
两个多小时的激战　我军夺回失去的阵地
炸毁点燃十几架日本的飞机　浓烟滚滚冲蓝天
英雄手枪团冒着敌人的炮火　前仆后继几经冲锋
大沽口的保卫战更是惊天动地　血肉横飞壮烈悲惨
炮击敌舰焚烧敌人的栈桥　击退敌人无数次进攻
李文田师长大喊誓与天津共存亡　义无反顾喋血抗战
宋哲元举棋不定亦战亦和最终撤出北平城
临退时发出　慷慨赴死易　从容负重难的感叹
二十九军将士以血肉之躯　点燃起全面抗战必胜的曙光
侥幸和谈的心理　匆忙的指挥　北平天津相继失陷
老百姓沿路摆着西瓜　鸡蛋　酸梅汤和各类食品
含泪脱帽向中国败兵致敬　走上前去护理伤员
战败的军人血染战袍　低头含泪　羞恨交加
战败沙场　丢失国土　壮士面对父老乡亲亦无颜
二十九军战败　平津沦陷于敌人之手　全国举哀草木泣
哀兵必胜　仇恨如溃堤的洪水　漫天遍地扑燕山

南 口 之 战

南口位于长城八达岭脚下　几十户人家的小镇
战略要塞三山交口地势险峻三方大门
中日双方在南口集重兵　拉开了势必争夺的战场
8月的长城上空　黑风呼呼热浪滚滚重重战云
刘汝明不给汤军借道　可悲的内耗贻误了战机
其结果给日军腾出时间　从容准备赢得有退有进
巴掌大的龙虎台　杀声震天炮声不断烟尘蔽日
守军将士身陷焦土尸葬火海　奋勇还击不退分寸
倔强的龙虎台上敌争我夺　处处是刀肉相搏 天昏地暗
日军前所未有遇到中国部队如此精锐之铁军
野兽丧心病狂向我军阵地施放瓦斯毒气
一个排的守军全部中毒　壮烈牺牲尸横黄尘
师长王仲廉率部冒着枪林弹雨连夜反攻龙虎台
用血肉夺回了阵地　南口整个阵地亦随之安稳
日本调集了飞机大炮铺天盖地轮番轰炸
长城内外处处是烟山火海　处处腾起血红的蘑菇云
坚守阵地的将士　宁愿战死不愿被飞机炸死
高喊着一命换一命　杀啊 冲啊 以命相拼
敌人五千发炮弹不知道炸死多少中国守军的将士
数十辆坦克的履带　不知道轧死多少中国守军的肉身
躯体填满无数个弹坑　鲜血流满无数个战壕

用生命 用浩气 用肝胆　谱写出英雄的中国人民
南口之战日军士兵阵亡数超过东北战场的总数
板垣有感而发　中国战场将是日军的葬身之坟
援军未到张家口失守　汤恩伯眼看大势已去
将军仰天长叹放弃南口　面对败局热泪滚滚

晋 中 鏖 战

平型关大捷

自古以来　三晋要地被兵家誉为表里山河
东有太行重重叠嶂　西凭滚滚黄河天险
北依长城道道关隘　南临中条莽莽峻峦
出娘子关闯潼关直指西北　无数英雄争夺天下逐鹿中原
山西有一座高高的"山"　这座"山"是土皇帝阎锡山
土皇帝经营山西三十余载　拥有重兵三十万
九一八事变　日本侵华战火即将蔓延到三晋大地
阎锡山联蒋联共联日本　一脚踩着三个鸡蛋
七七事变炮声打响　日本人撕破面纱　发兵进攻山西
土皇帝不愿惹怒日本人　仍然提出守土抗战
朱德周恩来晓以大义　向土皇帝提出必须抗日救国
阎锡山终于丢掉三个鸡蛋不能踩破的至理名言
日军围晋北战高阳　在天镇遇到中国士兵的顽强抵抗
军长李服膺临阵脱逃　雁北落敌手全国人民极大愤慨
阎锡山挥泪斩爱将　重新调整保卫三晋的作战计划

日本人已经占领广灵　取灵丘直奔平型关

土皇帝深感雁北兵力并非不强　工事并非不固

为什么连连丢关折将一败涂地丢尽脸面

共产党抛弃前嫌团结一致共同对日作战

阎锡山绝望之际　希望寄托在十八集团军的英雄好汉

师长林彪　聂荣臻领着一一五师急行军到了灵丘

将部队潜伏在平型关十几里长的山谷两边

1937 年 9 月 25 日天刚亮　晨雾罩着平型关 寂静一片

滹沱河的流水像一条长蛇从北到南流淌蜿蜒

茂密的森林覆盖着两面山坡　筑成层层叠叠天然屏障

深秋的晋北西风阵阵　寒意袭人层林尽染

随着隆隆的马达声　寂静的峡谷尘土飞扬

全副武装的日军　在狭窄的土路上隐隐出现

一百多辆汽车满载日军和军用物资压境而来

两百多辆骡马大车　驮着数百门大炮　无比嚣张气焰

骑着高大洋马的骑兵趾高气扬　如入无人之境

他们自豪　他们狂妄　他们是日军精锐之板垣师团

一声枪响　整个山谷像无数雄狮在怒吼

步枪 机枪 手榴弹 迫击炮　炸得日军人仰马翻

车碰车　人碰人　马踏马　敌人自相残杀 乱了阵脚

死的死 躲的躲 逃的逃　有的抵抗 有的剖腹自戕

八路军随着冲锋号声　铺天盖地冲下山谷

十几里峡谷　瘫痪的毒蛇被八路军斩成数段

白刃战 肉搏战 短兵相接　刀光闪闪杀声震天

敌人元气大伤　岂能挡得住延安来的猛虎下山

八路军宽待俘虏　战场上对日俘以仁爱相见

敌人却是豺狼成性　打黑枪 戳暗刀 对我士兵放冷箭

敌人空军赶来援救　看到难分你我的峡谷战场

日军啊　为天皇效忠是你的职责　无奈飞去一溜长烟

平型关大战　八路军共歼日军板垣师团一千余人

缴获大量枪炮　军用物资　战果累累健儿高歌凯旋

平型关战役是我军抗日战争取得的第一次大胜仗

共产党背负着人民的希望　写出中国必胜的壮丽诗篇

蒋介石给毛泽东朱德周恩来发来贺电

高度赞扬八路军作战英勇为抗日树立了典范

阎锡山激动地握住周恩来的手　老泪纵横不胜感叹

英雄　英雄　山西的安稳 国土的完整　全靠贵军相援

血 战 忻 口

忻口布防得从容　全凭原平抗敌功

假使娘关不失败　岂止廿三任敌攻

——阎锡山《忻口役》

晋北　历史上曾在这儿燃起了无数次战火

旧的马蹄还在　新的马蹄又深深踩过

黄沙里不知道掩埋了多少忠臣良将的白骨

沙河边不知道有多少壮士　纵马扬刀高唱易水歌

忻口集结着中日两方千军万马　杀气腾腾

金沙滩银沙滩土沙滩　滩滩都是誓不两立你死我活

华北军关东军以最精锐的部队　从左翼右翼包围而来

阎锡山从四个方面调将布防　与日军欲以鱼死网破

姜玉贞临战受重任　必须坚守原平城七天七夜

无数次进攻　无数次击退　一曲又一曲的浩气长歌

我军将士誓死坚守阵地十一天　给忻口之战赢得了时间

内无粮草外无援兵　将士们怀着忠心一颗

五千人的一个旅　拼杀突围仅剩下六百人

旅长姜玉贞　在坚守阵地上流尽最后一滴血

原平失陷　日军调集各路军马飞机大炮

沿着滹沱河两岸　不可一世进犯忻口城郭

重兵压境　三晋危矣　各路将官怒火万丈义愤填膺

摩拳擦掌严阵以待誓歼倭寇　十月天兵征腐恶

盟誉村主阵地的阻击战　崞县空中的空袭战

王天前线的守卫战　还有南怀化的血刃战

人与魔的拼杀　侵略与正义的搏斗　鬼神战栗　惊心动魄

武器落后装备缺乏　指挥失误墨守成规

其结果我方阵地相继失守一个又一个

尸体填满云中山五台山的峡谷　鲜血染红滹沱河

激战中有多少将官慷慨赴难以热血报效祖国

郝梦龄军长别妻离子义无反顾　志明长空月

亲临战场指挥若定　身中敌人数十弹不退却

实现他北上抗战　誓以沙场为归宿的庄严承诺

刘家麒将军为救军长冒弹雨冲上前奋不顾身
生随军长为国而战　死和军长共眠祖国的破碎山河
一个曾为内战痛心疾首的郑廷珍旅长
从内心发出胜不足喜败不足惜的自责
面对凶恶的日寇怒火填胸　这是国家仇民族恨
保家卫国是军人的无上光荣　拼光拼净也值得
站在哪里战在哪里　生在哪里守在哪里死在哪里
坚定的军人信念　英雄铁汉迎着弹雨倒在血泊

八路军火烧阳明堡

为了配合国民党军队在忻口歼灭敌人
八路军在晋北战场上纵马驰骋东杀西拼
攻涞源 袭宁武 战朔县 收平鲁 神出鬼没
炸军车 毁铁路 截物资 断桥梁 有退有进
游击战 运动战　杀得日寇首不顾尾心惊胆战
克城池几十座 杀敌数千人　稳定晋北战局振奋军心
日本的飞机潜伏在阳明堡　到处空袭投弹轰炸
炸毁我军工事 炸毁营地 炸伤士兵和村民
八路军指挥员陈锡联分析飞机起飞的因果
派战士夜袭飞机场　确保我三晋大地朗朗之乾坤
1937 年 10 月 19 日深夜　机场的日军早已进入梦乡
一群天兵神将神不知鬼不觉从天空飞临
看着几十架敌机好像见到不共戴天的仇敌

无名怒火无限仇恨在每个战士心里往外喷
机枪手榴弹一齐向敌机喷出复仇的火焰
团团烈火照亮天空　机场一片火海浓烟滚滚
赵崇德营长身中数弹扑倒在地高声大喊
不要管我炸掉敌机为国报仇为民雪恨
这位打仗如虎爱兵如子的优秀指挥官
看到一架架敌机被炸得粉身碎骨葬身火海
微笑地闭上双眼　为祖国为人民立下不朽功勋
炸毁敌机二十四架　日军在晋北空战中失去了优势
英勇的八路军　全心全意为国为民的中国共产党人

忻口退守

一个月的忻口会战双方伤亡惨重　胜负难分
娘子关失守太原告危阎锡山只得改变战略
忻口血战是华北抗战史上最大的一次抗日作战
国共两党以国家存亡为己任　并肩战斗紧密配合
国民党的正规战　共产党的游击战相互促进
从战略到战役从前线到后方两党积极合作
两党官兵将士临阵不惧　生死关头毫不退缩
心里边装的都是炎黄子孙共有一个可爱的中国
大难兴邦永远是我们伟大民族携手赴难的宗旨
同舟共济荣辱与共永远是我们中华民族
战胜一切艰难险阻强国富民的伟大策略

亡祭九一八

太原失守

夜已经深了　　太原绥靖公署会议室灯光暗淡

阎锡山拖着疲倦身子声调低沉几停几谈

太原是山西的首府　　经营了多年的根据地

岂能付之东流　　失去这块权和利交织的地盘

阎锡山分析忻口战后的局势　　太原面临的危境

号召大家重整旗鼓同心协力保卫太原

几个月的频繁作战　　开会的将官早已心力交瘁

昏睡的昏睡 不语的不语　　显得无奈　　只能顺其司令官

傅作义在全国四面楚歌中挺身再负重任

一座孤城怎能守住　　傅作义也是黔驴技穷一筹莫展

周恩来代表八路军即席发言奉劝阎锡山

避敌实击敌虚　　歼日军于城外山地　　不要死守太原

周恩来赤心衷肠劝诫　　傅作义要认清当前的时局

不要计较一城一地的得失　　这是一场持久战

抗日战争的胜利要争取广大人民群众的力量

宏观战略 灵活战术　　毛公的兵法思想望你借鉴

会议没有开完全城突然停电　　太原城黑乎乎一片

街道上到处是败兵　　到处是难民混乱不堪

逃难的百姓扶老携幼衣不遮体露宿街头

败兵横冲直撞殴打百姓　　国难将至百姓遭难

傅作义望着窗外的凄惨景象眼泪潸然而下

想到周恩来语重心长的一席话　　心底荡起微澜

第二天日军兵临城下将太原城团团围住
傅作义率兵血战四天　孤军难支退守绥远
阎锡山经平遥退临汾再到吉县黄河岸边
卫立煌率部属退到晋南　安营扎寨中条山
共产党领导的八路军在晋察冀建立抗日根据地
发动群众壮大队伍　抗击日寇大打敌后游击战
八路军牵制了日军向中原和大西北的进攻
挫伤日军大后方　让敌人坐卧不宁顾后瞻前
共产党在敌后根据地坚持八年抗战举世瞩目
为国家为民族赴汤蹈火在所不辞披肝沥胆

东方巴黎大血战

对峙上海

中国的上海　20世纪30年代世界誉为东方巴黎
繁华的市面 宽阔的港口　让世人羡慕不已
政治家军事家商人财阀　一个个跻身黄浦江畔
各种飞天的宏图梦想　要在这儿发轫弘毅
霓虹灯的迷彩　涣散着国人的雄心和壮志
利益的驱使　无数狂人在这儿冒险发迹
八十多年前的一·二八淞沪之战至今让人感慨万千
十九路军将士肩负重任　英勇抗战可歌可泣
南京政府的不抵抗给上海蒙上深深的耻辱
中国的领土　中国军队不能驻军　是一页含羞的历史
日本侨民 浪人 特务肆无忌惮　横行在上海滩
黄浦江上日本军舰虎视眈眈　嚣张至极
平津沦陷　日本的战略目标又盯住了上海
蒋介石复仇心切　绝不能再失上海一寸宝地

在上海集结了七十万大军　赌上中央军的老本
引狼进圈　关门打狗是蒋介石的深谋大计
中日双方在沪地集结了百万精锐雄师铁军
黄浦江畔　将发生一场抗日战争史上最大的战役

血 肉 长 城

1937 年 8 月 13 日　抗日的炮火　震响上海震响中国
世界的目光投向了发生在上海的中日战火
日军凭借着在上海经营多年铁桶般的防御军事据点
中国官兵凭借着一片赤胆忠心　一腔沸腾的热血
是谁颠倒了主人和侵略者的本末位置
自己的繁华胜地　却让入侵豺狼堂而皇之霸占着
日本据点里的火蛇吞噬着一个个中国官兵的生命
号啕大哭的黄浦江　愤怒至极的苏州河
中国官兵的尸体铺平了日军坦克进攻的路面
前边倒下了 后面冲上去　前仆后继毫不退缩
日本的援军源源不断　中国的救兵如救水火
罗店镇的反复争夺战　打得异常激烈　难分胜负
蒋介石下令　寸土不退有敌无我不成功便成仁
陈诚也下了死令　打光十八军也要把罗店镇夺获
翁国华将军率军阻敌未胜　仰天长号悲愤自杀
姚子青五百名官兵壮士死守宝山壮烈殉国
旅长方靖曾望着宝山城熊熊烈火热泪如雨

牺牲的勇士不计其数　为国家为民族尽了职责
十八军争夺罗店镇　浴血奋战十昼夜　驰名中外
旅以下将官阵亡三百余名　士兵伤残者更多
十八师守大场血战数日　全师官兵几乎全军覆没
将军朱耀华失守大场　以身殉国浩气磅礴
几个月的淞沪之战　让日军无不为之惊叹
世界新闻舆论　为中国的军队唱起了赞歌
黄维将军应召返国　刚刚踏上淞沪战场
从内心发出感叹　壮哉　一寸山河一寸血
四十天的激战　张治中将军已经疲乏不堪
攻与停的分歧　几次与蒋介石指挥意见相左
张将军主动辞去第四集团军总司令一职
挥泪告别四十多天患难与共的将士　难分难舍
想到夕阳衰草下的碧血英魂　血泪迸流心肝俱碎
想到血战在战场上的官兵　无颜面对有话难说
两次在上海战场上运筹帷幄叱咤风云的英雄
在夜色苍茫中一颗破碎的心　茫茫一片无限落寞
上海啊　秋风炽热尽战火　胡笳起舞血成河
上海啊　战雷惊现天河决　狂飙横扫鲸鲵灭

血战四行仓库

中国不会亡 中国不会亡
你看那民族英雄谢团长

中国不会亡 中国不会亡

你看那八百壮士孤军奋斗守战场

四方都是炮火　四方都是豺狼

宁愿死不退让　宁愿死不投降

我们的国旗在重围中飘荡飘荡

——桂涛声《八百壮士歌》

这是一场空前绝后壮烈而悲惨的奇景

这是一场几万人亲眼观战为之呐喊的厮杀战场

苏州河对岸的观众　举着黑板告诉我军敌人的主攻方向

唱着《八百壮士之歌》为守军助阵群情激昂

就职演说　吼出一串串要拼死到底的决心

八百壮士经过战场的洗礼　血红的眼睛显示出无比坚强

敌人猛烈的炮火　战胜不了八百壮士的英雄虎胆

敌人的凶残　战胜不了八百壮士为国家的赤胆衷肠

愤怒的子弹击退日军无数次疯狂进攻

日军伤亡惨重　苏州河畔岿然屹立的英雄四行

英军感动地劝中国守军卸去武装躲进租界

中国守军异口同声　魂可以离开身体 手不能离开枪

日军恼羞成怒豁出老本要拔掉四行仓库这枚眼中钉

冲破铁网潜至仓库底下　要炸毁这座高耸的楼房

敢死队员陈树生身上捆着十几枚手榴弹

从六楼窗口跳到敌群　一声巨响与敌共亡

谢晋元的热泪伴随着子弹向敌群猛烈扫去

八百壮士是何等英勇　杀敌战场是何等悲壮
一个十八岁的女童子军　冒着枪炮渡过苏州河
将国旗送给八百壮士　壮士感动得热泪盈眶
第二天清晨太阳刚刚升起　在米字旗和太阳旗的中央
青天白日满地红的国旗在四行仓库上空高高飘扬
上海人民和守军看到国旗激动地高呼
身体内涌出一股难以抑制的热流能量
人们纷纷脱帽　遥遥欢呼　挥泪向国旗致敬
中国万岁　中华民族万岁　上海人民与日月同光
杨惠敏　一个热血沸腾勇敢的女童子军
她的名字和八百壮士　熠熠四射载入抗战史章

海军之战

让人刻骨铭心的甲午之战　中国北洋舰队全军覆没
中国海军从此浸泡在羞辱与眼泪的岁月
国民政府虽然在抗战前加强了三军的扩建
仅有一百二十艘的几个舰队　力量落后而单薄
日本拥有三百零八艘阵容庞大的海军战舰
设备优良武装先进　六艘航空母舰好似六条鲸鳄
几亿两白银的赔款不知道让我们失去了多少
几亿两白银养虎为患　恶虎气势何其咄咄
一·二八战事后　日本海军在上海的海面上耀武扬威
中国海军只能驻在江阴长江面上　无可奈何

八一三枪声打响　中国海军终于能扬眉吐气
驱逐海上倭寇　保卫海域主权 保卫可爱的祖国
落后的装备并没有难倒中国英雄的海军
以原始手段向敌舰进攻　以血肉之躯与敌人相搏
日军起用了航空母舰上无数架战斗机狂轰滥炸
空海两军交战　黄海上水柱冲天硝烟如火
平海舰遭到日机的轰炸　舰长高宪甲身负重伤
他坚持战斗指挥若定　六架敌机被我方击落
逸仙舰向敌舰发起猛攻　和日机进行着殊死较量
十四名海军将士血染长江　用浩气抒写出壮丽的山河
几个月的海上大战　中国海军再一次元气大伤
一曲海军之殇　震撼着中国 唤醒了民众 落后必定亡国

八一四空战

八一四西湖滨　　老航队飞将空
怒目裂血沸腾　　振臂高呼鼓翼升
群鹰奋起如流星　掀天揭地鬼神惊
我何壮兮一挡十　彼何屈兮六比零
一战传捷　举世蜚声
发扬民族的力量　珍重历史的光荣
　　　　　　　　——艺术家为中国空军节创作的歌曲

8 月 14 日凌晨　中国空军首次亮相　对日作战

年轻的飞行员　驾着飞机从十几个机场同时飞向蓝天

怀着无比愤恨　鹰击长空 壮志凌云　誓歼入侵之敌

保卫中国领土之完整　保卫华夏民族之尊严

一颗颗仇恨的炸弹　投向日军的军事据点

一股股愤怒的火焰　喷向用中国人的血换来的日本战舰

一架架日本的木更津王牌战斗机栽入大海

一队队日式双翼轰炸机　在空中冒起串串青烟

日本的空军海军　首次看到中国铁翼的强大威力

频频呼叫　绝望的求援让东京天皇心惊胆战

14日拂晓　杭州上空　恶云翻滚 风狂雨暴

中日几十架飞机在暴风雨中拼杀　钱塘江咆哮九天寒

三十分钟的搏斗　敌机六架被我方击毁坠落

八一四空战我军大获全胜　铁鹰壮士高歌凯旋

年轻的中国飞行员梁鸿云任云阁刘署藩

用壮丽的生命换来中国空军震撼世界的荣誉

短暂人生 光辉诗篇 血染山河 义薄云天

阎海文　一个才二十一岁的辽宁籍航空飞行员

面对敌人的高射炮　万丈怒火在胸中烧燃

熟练的驾驶技术　杀敌的决心　飞机俯冲直下

瞅准敌人的目标　投下一颗颗复仇炸弹

敌军高射炮击中了飞机的后座　阎海文被迫跳伞

顺着大风　降落在敌人阵地后方的一块小丘田

几十名日军围着他高喊　"支那"飞行士赶快投降

阎海文临危不惧　举枪向敌人射出仅有的几颗子弹

他面朝东北 双膝跪下　可爱的故乡可爱的爹娘
从容饮弹壮烈殉国　几时才能收回我美好的河山
自古至今无论哪个民族　都崇尚为国宁死不屈的英雄
汉奸和叛徒永远被人们唾弃　身败名裂遗臭万年
日军白川大将厚葬阎海文　立下"支那"空军勇士之碑
在东京举办"支那"空军勇士之友阎海文遗物之展览
沈崇海驾驶的飞机尾部突然起火　浓烟滚滚
迅速脱离机群　和陈锡纯驾机冲向敌人的战舰
敌舰发出爆炸声 喊叫声　烈火浓烟连成一片
两位英雄与敌舰同归于尽　光辉永照杭州湾

1937 年 9 月 18 日的夜晚是国耻六周年
中国空军集结所有能参战的飞机　飞到黄浦江和汇山
为国家雪耻 为民族雪恨　投下了炸弹千万颗
炸毁敌人正在建设的码头杨树浦　炸毁敌人的军舰
甲午惨败和六年的负辱含耻　有志男儿空对月
层层仇 重重恨　今日壮士挽天河 一洗膏血凭长栏
一个多月的空中之战　书写了中国空军可歌可泣的一页
壮哉　中国空军　你开辟了中国空军的新纪元

撤 退 狂 潮

11 月 11 日　上海市市长吴铁城沉痛地宣布　上海沦陷
惊天动地的淞沪会战落下帷幕　百万将士挥泪哭断长空雁

势如破竹　攻无不克是战争中双方部队的共用词
兵败如山倒　亦是形容败者之师最确切的语言
三个月的血战　吞噬了双方几十万将士的生命
你是侵略 我是捍卫　尔死轻于鸿毛 吾死重于泰山
黄海兴蔡炳炎秦霖庞蒙桢官惠民吴克仁
十几名将军视死如归　取义成仁 青史垂范
二十多万壮士的热血　汇成血红色的滚滚洪流
席卷着仇与恨冲向黄浦 冲向大海　巨浪吊轩辕
战场上的失败 战略上的胜利　至今众说纷纭
不管怎么说　从元帅到士兵人人都是忠心赤胆
三个月的血战　粉碎了日本速胜中国的美梦
山重重 水重重　从东到西从北到南处处是火海刀山
上海沦陷了　东南天空战云密布硝烟滚滚
南京　英雄的石头城　将面临一场历史上最大的灾难

南京保卫战

1937 年 12 月 6 日　滚滚的黑云笼罩着古都南京
朔风阵阵 长江含愁 万木萧萧 落叶飘零
蒋介石坐着小轿车　带着唐生智罗卓英桂永清
晋谒国父的陵墓　怀着难以表述的沉重心情
望着落满枯枝黄叶　一条条熟悉的大道
看着和自己相伴十载繁华的金陵古城
这座古城印记着他的荣与辱功与过是与非
这座古城萦绕着他的贪婪欲望和春梦
街道上看不见行人　只有荷枪实弹的武装部队
星罗棋布的钢筋水泥工事　让他心里略有安宁
三个月的上海之战搭上几十万将士的生命
虽然亏了老本　却提高了军威　增强了国望　虽败犹荣
贪婪的日本人要灭我们中国　要灭我们中华民族
一个国家之领袖　为了执行攘外必先安内　落尽了骂名
日本华东军兵分三路气势汹汹　誓夺中国的首都
金陵背水一战是撤是守　让蒋公一直举棋不定

刘斐以理喻利害　南京地形背负长江无险可守
唐生智声震屋瓴　放弃南京何以面对总理在天之灵
日本胜军士气正威　我国败军士气尤衰　双方难以对抗
为了坚持持久抗战　首都已宣布迁往重庆
放弃首都不战而撤　拱手送给日本人　难以向国人交代
无奈做出战的决策　得道者多助　哀兵必胜
蒋介石望着乳白色的美龄宫有些难离难舍
紫金山一排排红砖绿瓦已经人去楼空
中央政府的官员几乎全部撤到重庆和武汉
蒋委员长心里装着一件难以启齿的隐情
九国公约会议对日本强盗的纵容让他寒透了心
和谈的希望又寄托于陶德曼　为中日之间去调停
日本几十年对中国的侵略是贪心不足蛇吞象
此时讲和无疑自取灭亡　蒋介石仅存的希望亦落空
一步一个台阶　一步一个心情　是荣是辱是祸是福
国父啊　望你在天之灵　佑国佑民也保佑学生的前程
蒋介石的车队慢慢穿过路边两行法国梧桐树
南京的南郊　淳化牛首山阵地已经炮声隆隆
他坐上飞机偕同夫人飞到南昌上了庐山
唐生智发誓与南京共存亡　为国牺牲尤比泰山重

淳化镇上　早晨的薄雾还笼罩着田野和村庄
敌人猛烈的炮火　飞机狂轰滥炸　掩护着地面陆军的进攻
王耀武师长身先士卒　在战场上硬对硬猛打猛

激烈战斗勇猛攻击以死相拼歼灭敌军九百余名
敌人像野狼红着眼在号叫　像疯子似反扑过来
调集一千人的援助兵马不要命向前猛冲
王耀武将军杀红了眼　端起机枪冲出战壕
高喊着战斗到最后一个人　我们也要为国尽忠
师长冯圣法　穿戎装披斗篷屹立在牛首山
缅怀忠臣良将岳武穆　心情澎湃如长江大浪汹涌
男儿大丈夫舍身赴疆场这是天经地义
为国家为民族捐躯赴难　死亦要显得从容
用先进反坦克炮炸毁敌人七八辆坦克
杀敌数百人　我军将士血染战袍伤亡惨重
光华门外几经爆破几经堵门　我军死死守住阵地
精英中的精英　奋不顾身苦苦鏖战血染紫金峰
一个中国士兵被敌人的刺刀穿透了胸膛
他大吼一声　用枪托砸碎日军的脑袋　死亦怒目圆睁
雨花台遍地皆是血肉之躯　双方杀得天昏地暗
在罪恶太阳旗的屠杀下　石头城处处是血雨腥风
天亦疯地亦狂　为守国土拼死的将士气更疯狂
国土尤重 民族气节尤重　生命已经无足轻重
一尺一寸的国土上　堆满的尸体难以计数
真是争野一战 杀人盈野 争城一战 杀人盈城
看着战事的惨败　唐生智难以忘掉慷慨激昂的誓言
大势已去无可奈何　长江滚滚难以回首望江东
1937 年 12 月 13 日　一个黑色的日子　中国首都南京陷落

杀进城的三支日军炫耀着太阳旗　尽是黑色的帐篷
南京沦陷国人蒙受巨大羞耻　南京沦陷日本东京欢腾
几十万金陵人将面临一场比战争更残酷的战争

徐 州 会 战

血战台儿庄

奋战守孤城　视死如归　是革命军人本色
决心歼强敌　以身殉国　为中华民族争光

　　　　　　　　　　——毛泽东等人挽王铭章

1937 年 12 月到 1938 年 5 月中国和日本两国军队
激战在津浦路南北的广阔地面上　史称徐州会战
李宗仁肩负重任　坚信战后之胜利必属我军
坚持全国化为焦土　大刀阔斧对付侵略者的高见
国难当头中原吃紧　多少热血男儿请缨沙场 共赴国难
白崇禧汤恩伯张自忠庞炳勋国民党无数高级将官
民族危亡 中国愤怒　也有人贪生怕死临阵脱逃
韩复榘李服膺在生死关头如丧家之犬
蒋介石祭起法无二例决不宽恕的军法宝剑
整饬军纪树立军威　杀一儆百严惩临阵逃将　执法如山

于学忠率领四个旅冒死参战阻敌军于淮河上
张自忠以血洗耻　勉励官兵共同拼命保国　坚守临淮关
淮河阻击战的胜利　打破日军进攻的狂妄计划
鼓舞士气振奋军心为北线战场赢得了时间
韩复榘临阵脱逃 北线门户被打开　日军长驱直入
孙桐萱邓锡侯奋力抗敌　激战数日稳住了北线
庞炳勋张自忠共赴临沂战场　消除前嫌同御外侮
我方官兵全线接战　义愤莫遏踊跃猛扑　大打肉搏之战
临沂之战日军伤亡惨重　兽性勃涨大开杀戒
杀死无辜避难的市民两千　制造了又一起惨案
滕县保卫战武器装备落后的川军忍受着寒冷之侵袭
用血肉之躯谱写了一曲悲壮的抗日战歌
一万多将士战死沙场　尸陈淮水 碧血洒鲁原
城破时无一人放下武器 无一人投降敌人
三百余名伤兵拉响手榴弹互炸殉城　军人之楷范
王军长冲锋陷阵浴血奋战　牺牲是军人的天职
战斗到不剩一兵一卒　为国捐躯亦无悔无怨
蒋介石被英雄气吞山河的精神所感动　亲自赶赴前线
祭奠时敌机肆意轰炸　蒋介石无所畏惧处之泰然
3 月 23 日日军的大队人马如狼似虎犹魔若鬼
挥刀舞枪 狼嗥鬼叫　扑向台儿庄泥沟车站
台儿庄在峄县东南　地处交通要道淮河北岸
四天的激烈战斗　你进我退我退你进反复较量数十次
敌人发射的炮弹一天落到我方阵地有七千

敌人凭借优越的武器飞机大炮　飞扬跋扈不可一世
数次进攻数次受挫　如困兽犹斗格外勇猛凶残
我们战士拿着落后的枪支　背负着穷国穷军的耻辱
穷国穷军将士的爱国热血　愤怒奔淌将近五十年
简陋的沟壕低矮的石墙变成临时之堡垒
城寨里的拉锯战　残酷的巷道战　一幕幕在上演
一个七十岁的老妇人坐在被炸塌的土炕上
诉说着日本人的残暴　至死不愿离开破碎家园
徐连长接过阵亡机枪手的重机枪　向敌人猛烈扫射
胸腹部中数弹　坚持战斗　不歼倭寇死也心不甘
特务长任曾礼领着炊事兵拿起阵亡战士的枪支
冲锋向前　枪管里冒出阵阵愤怒的火焰
敌人不断增枪增炮增人　犹如赌棍输红了眼
飞机铺天盖地轮番轰炸　一排炮弹连着一排炮弹
敌机炸毁我军战地工事　炮弹炸毁我军城垣
气急败坏的敌人射出燃烧弹　我军阵地熊熊大火燃红天
3月31日台儿庄保卫战到了最紧要的关头
敌人的火力强攻猛冲　我军将士伤亡已过大半
李宗仁号令将士　胜负安危决定最后五个小时
坚守阵地不准后退如违抗命令军法从严
孙连仲斩钉截铁　一字一句命令师长池峰城
退过运河者杀无赦　士兵打完你去填　你填完了我去填
池师长率部队以死必守　任凭敌人冲杀决不后退
中国将士用血肉筑成的钢铁堡垒　敌人不战自寒

到了晚上数百名先锋敢死队举着大刀冲进敌营
大刀向鬼子头上砍去　竟然夺回失去阵地的四分之三
4月3日拂晓汤恩伯军团迅速赶到台儿庄以北
对敌军实施包围　内外配合　形成反攻阵线
4月7日我军全线反攻内外夹击　杀声漫山遍野
敌军已成强弩之末　胆怯慌忙突围狼狈逃窜
台儿庄战役的胜利传遍全国 传遍全世界
举国欢腾外电评论　不义者必自毙这是必然
几个月国土连连沦陷　国人难以仰首泪淹心头
台儿庄的胜利　沉闷的心情犹如喷发之火山
铺天盖地的号外撒向长城内外大江南北
亿万颗激动的心　久久不能平静沸腾到极点
台儿庄之战人们看到中国抗战胜利的曙光
台儿庄之战坚定了中国人民胜利的信念
台儿庄之战日军从此陷入漫长战争的泥潭
台儿庄之战昭示抗日战争的胜利必将属于中国的明天

兵 撤 徐 州

东京被震撼了 天皇被震撼了 战争狂人被震撼了
日本血红的太阳旗染上无法洗去的 "污垢"
骄兵必败 不义必亡　无法唤回战争狂人的回首
半个世纪的中日较量　日本人总是占地要款
台儿庄日军战败　是大日本帝国的 "奇耻大辱"

日本政府怒冲冲恶狠狠　决定向中国增派更强的兵力

挥魔拳张血口　誓报台儿庄失败的一箭之仇

中国军队最高统帅蒋介石　正处在胜利的兴奋之中

报国仇雪民恨　誓和日本在徐州再次交手

上海之战赌上老本　今天一笔一笔要清算

调动各路人马六十万　浩浩荡荡集结在徐州

亲自制订了详细的徐州会战作战指导方案

形成一个庞大战略包围圈　在徐州誓歼倭寇

毛泽东周恩来提出徐州失守武汉必失的英明论断

李宗仁和国民党一些高级将领也看到徐州难守

蒋介石冷静之余　认识到徐州会战不能大打

外围守军拼死激战　六十万大军神出鬼没全部撤走

日军扑进徐州城　国民党军队没有一兵一卒

李宗仁成功地徐州大撤退比蒋介石"计"高一筹

保 卫 武 汉

士兵死了　连排长上去了
连长死了　拿营长去填
看准你的表　两个钟头
我把援兵送你眼前

没有兵力给他增援
送去的是国旗一面
另外附了一个命令
那就是悲痛的祭文一篇
有阵地　有你　阵地陷落你要死
锦绣的国旗一面
这是军人最光荣的金棺

——臧克家《国旗飘在鸦雀尖》

决堤花园口

1935 年法肯豪森向蒋介石提出应付抗战之建议

最后战线为黄河　宜作有计划人为毁堤之泛滥
从此一个以水代兵的战争术语像幽灵一样
战火纷飞的几年里往往在蒋介石脑海里闪现
日军在徐州吃了李宗仁的暗算　恶火万丈
发雄兵四十万誓要长驱中原溯长江攻陷武汉
6月的武汉城像一座大火炉　处处堆满了干柴
抗战的吼声犹如熊熊烈火　烧得三江城好像坐上火焰山
蒋介石望着西落残月　想起苏东坡的大江东去
人生如梦 梦戏人生　人生至死也是梦梦相连
兰封失陷 中牟失陷　开封郑州危机万分
国父啊　谁能给我锦囊妙计　保住武汉保住中原
危急关头孰轻孰重　何去何从举棋不定
大丈夫岂能妇人之仁　以水代兵将日军阻拦
功名有无不足惜　罪名难负将会遗臭后世
炸堤放水会给千千万万百姓带来灭顶灾难
为了阻挡日军的进攻　蒋介石只能采取此下策
连日来的急电　难以调动不听话的河南省省长程潜

1938年6月9日　中原上空乌云滚滚　天欲塌地将陷
裂电划破长空 炸雷撼动山岳　暴雨如倾天怒人怨
黄河花园口大堤上不断的爆炸声让雷公亦感吃惊
黄堤溃破　咆哮的黄河水像无数只野兽扑向豫苏皖
上千万农民望着茫茫黄水　哭天喊地震寰盈野
铺天盖地的洪水　肆虐人群肆虐田野肆虐庄园
五万平方公里的土地上　顿时洪水浩浩汤汤

房屋被淹哀鸿遍野难民无数　亘古及今未有的灾难
以水代兵的代价是四十四个县受灾　八十九万百姓丧命
一千二百万平民失去家园颠沛流离啼饥号寒
人为的溃堤灾难以上百万平民生命为代价
阻止了日军的前进　终于给我军赢来时间
我方暂时保住了郑州武汉　战机得到延缓
蒋介石高兴不起来的心情　亦悔亦恨亦心酸
花园口这个沉重的地名　让他在历史上负罪千万年
此时此刻我们重新朗诵张养浩的《潼关怀古》
朝代更迭　江山变换　永远是皇家江山　百姓灾难

武汉之抗日热潮

北伐战争后沉寂十年的武汉如今又沸沸扬扬
武汉三镇各种抗日团体如雨后春笋破土而生
蒋介石向全国发表必须维护国家主权领土完整之决心

全国上下处处爆发出坚决抗战　誓灭日寇的吼声
龟山蛇山的上空　满天飞扬着抗日救国的传单
长江两岸到处是人山人海　抗日队伍在集会游行
蒋介石在抗战一周年的纪念会上　再次慷慨激昂陈词演讲
武汉倾城而动　公祭抗日烈士　将抗日大潮推向顶峰
唤起国民声援抗战　共产党发动了全民捐款的号召
武昌阅马场广场上　人山人海水泄不通
一个从南京逃来的破产商人　面容憔悴神情激昂

拿着所有积蓄双手献上　热泪犹似泉水涌
皮不在而毛焉存　这是我们国人坚信的哲理
杀敌吧　勇士们　把我的诚意献给战场上的英雄
一个富裕的贵妇人　让孩子把一大卷钱塞进捐款箱
这些钱捐给那些在战争中失去父母的儿童
有多少未出生的胎儿夭折在日寇的屠刀下
有多少你我这么大的孩子在日寇屠刀下丧生
几个互相搀扶的伤兵衣衫褴褛　面黄肌瘦
掏出仅有的抚恤金　流着浊泪　倾诉着满腹衰情
前线上我们打了败仗　无法面对中国的父老乡亲
这点钱算不了什么　也是我们当兵的一份爱国赤诚
几个从花园口逃难来的难民　掏出乞讨的几个铜板
双膝跪下　乌黑的手献的不是铜板　是千万人的生命
他们茫然喃喃着　从老佛爷到现在我们是一败再败
我们的国家我们的百姓　为什么会这样贫穷
军政要人 普通百姓 烟花女子 教授和学生
没有贵贱没有派别没有年龄　人人向善和谐平等
有钱出钱 有力出力　为了民族的尊严 为了祖国复兴
广场上万人献爱 广场上热泪长流 广场上群情沸腾
一股血 中华民族的热血　一股火 中华民族的烈火
血沃土地 火势燎原　显示了中华民族永不败的豪情

保 卫 武 汉

蒋介石调集大兵百万　　在武汉外围摆下战场
日本调遣四十万精兵　　太阳旗显得更加血色红亮
蒋元帅在武汉制订了一个周密的战略计划
提出保卫武汉而不战在武汉的高明主张
马当江面狭窄　　水流湍急形势险要　　实为长江之天险
我军在马当修筑了坚固的工事　　层层设防
1938 年 6 月 23 日深夜　　封锁的江面上静得让人沉闷
守卫要塞的官员云集在抗日军政大学的礼堂
举杯庆贺　　挥箸餐肉　　今天是军政大学的开学典礼
女人轻姿曼舞　　擦耳细语　　早已把大敌当前的日军忘
等到他们酒醒梦破　　鼻前仍然荡漾着枕上的香风
江面上到处都是太阳旗　　日军已经占领了马当
蒋介石气急败坏　　震怒之余处决了当事者
马当湖口要塞陷敌手　　冈村宁次更是趾高气扬
日军步步进逼势汹气狂　　我军将士摩拳擦掌士气更旺
田家镇要塞战云骤起　　人对狼箭对炮大刀对洋枪
李品仙指挥所设在战场第一线　　亲临阵前指挥
全战区将士奋勇冲杀　　不怕牺牲斗志昂扬
军长萧之楚抱有死无生之决心　　与敌拼杀报效国家
组织民夫共同作战　　成功固佳　　成仁也是军人的光荣理想
营长赵旭领着五百名敢死队　　趁着黑夜潜入敌后

猛烈进攻勇夺阵地浴血奋战何惧阵前伤亡
不同部队不同派别目的相同　尚能联合作战
局部英勇抵抗　整体处于被动是败军之大殇
凶恶的日军坚枪利炮难以摧毁田家镇要塞
运用瓦斯毒气杀伤我战士　丧尽人间天良
三个多月的激战愈演愈烈　日军愈想速战速决
我军顽强防守　以血肉捍卫国土死不退让
敌军企图分割中方的阵地　窜进苍山万家岭
我军重兵出击包围聚歼敌人　薛岳大喜过望
敌军一〇六师团苦战七日难以突围　犹如困斗之兽
日酋师团长身中数弹　遗尸山谷效忠天皇
日军一个师团几乎全军覆没　血洒漫山遍野
矮山丛林抛弃着异鬼孤魂　堆堆黄冢诉说着日本血染的小太阳
万家岭战役的胜利　打出中国军队的英雄本色
上自统帅下至百姓　为胜利欢呼　为伤亡将士哀伤

庐山处处是峰处处是水　雄伟的山峰秀丽的山泉
有多少帝王在此运筹帷幄　有多少文人在此为兴亡感叹
今天的庐山变成火海　鲜血染红每一块山石
日军的炮火像狂魔一样　射向了林海和山巅
东西孤岭的阵地就像老虎口里两颗利牙
牢牢咬着阵地　像两座永不屈服的险塞雄关
日寇饭冢不顾士兵伤亡　踏着死尸往前冲
漫山遍野变成火海　火浪一浪高一浪往山顶上蔓延

团长梁佐勋中弹殉国　五六百守卫官兵与阵地共亡
庐山啊　山林卷起了怒涛　山瀑在吼　山峰在颤
师长华振忠领着数千名官兵胸中燃烧起熊熊怒火
消灭日寇饭冢　为梁团长报仇　吼声震撼庐山
日军十五次疯狂进攻　都被我方不怕死的将士坚决击退
一边是日军疯狂的自杀　一边是英雄壮士为国而战
饭冢解开衣襟　抽出战刀狼嚎似地冲向阵地
一阵正义子弹　饭冢和他的士兵横尸在山涧
晨雾还未升起　宋希濂迈着矫健的步子登上富金山
莽莽大别山在血阳照射下　弹痕累累硝烟弥漫
十天十夜的血战我军几乎打尽所有的弹药
敌军抛尸遍野我军死伤无数　景象凄惨
宋希濂为胜利而欢呼　为战死的将士而落泪
两次淞沪战役　有多少壮士为国赴难不复还
坚强防守顽强反击　不愧为有名的"鹰犬将军"
爱国赤情民族大义　铸造出将军的斩酋之剑
以血肉之躯御外侮　固然是中华民族的英雄境界
穷国穷军的悲哀　不能不让国人掩卷落泪望史长叹
10 月 25 日凌晨　蒋介石亦血亦泪偕夫人飞上天空
硝烟伴随阵阵秋风　弥漫着呜呜咽咽的长江水面
蒋介石深知江山沦陷将帅岂能临阵先逃
实在难离难舍四个半月　以血肉之躯保卫的大武汉
保卫武汉凝聚了四亿五千万人民的无限力量
保卫武汉进一步树立了全民族联合抗战的坚定信念

123

保卫武汉　八路军敌后游击战对日寇进行了打击和牵制
蒋介石从心里感谢毛泽东周恩来的高明谏言
保卫武汉再一次打破了日军不可战胜的神话
保卫武汉书写了历史上波澜壮阔的战争长卷
武汉失陷是非功过　给世人留下无穷无尽的话题
武汉失陷　抗日战争由此以防御转入相持阶段

喋血昆仑关

交锋几个回合那青年猛力刺了一刀
敌人来不及回避也把刺刀迎面刺来
两把刺刀同时刺入两人的胸膛
两个人全静止般地对峙着
呵　决死的斗争
只因为勇士的刺刀比日本人的刺刀短几分
才没叫战栗的敌人倒下来
我们的勇士没有时间思索　有的是决心
他猛力把胸膛往前一挺　让敌人的刺刀穿过这脊梁
勇士的刺刀同时深深地刺入敌人的胸膛
敌人倒下　勇士站立着　山谷顿时寂静

——蔡其矫《肉搏》

125

初战昆仑关

1939 年 11 月 15 日日军突然从华南沿海登陆向北挺进
兵分三路气势汹汹　两天以后南宁随之告急

广西军队势力单薄　白崇禧燃眉之急告助蒋介石

军长杜聿明率领第五军赶赴南宁堪当重任

团长邵一之领任务率部队日夜兼程赶往前线

脚跟还未站稳和日军在战场上进行血肉相拼

邵团长用浓郁的湖南话命令　即使打完子弹

用牙咬也要咬断敌人一条腿　阵地不能丢一寸

六〇〇团将士空腹作战与敌殊死拼搏两天半

邵一之刀劈日酋十几个　挺身为国殉难 壮志凌云

师长戴安澜望着死难的将士怒火心头起

发誓为死难烈士报仇　握紧双拳嘴唇上留下深深的牙印

11 月 24 日南宁城被敌人攻破　南宁宣告沦陷

戴安澜率领部队和日军反复激战经三旬

白崇禧杜聿明冒着炮火在阵前重新布防战事

集结各路援军待机反攻日军固守雄关之昆仑

昆仑关天下之名关　地势险峻　一夫当关万夫莫开

关头上不知道有多少次人马嘶鸣　长空硝烟滚滚

雄关上飘扬的太阳旗辐射着道道血光

心肝气炸的中国将士恨不得把日寇生吞

12 月 19 日拂晓　攻击六五三高地的战斗打响

师长郑洞国下令　不管倒下多少人也誓死斩敌夺阵

荣一师在战车和炮火掩护下　向敌阵地发起猛攻

日军松本下达死命令　不能撤退以死为天皇献身

双方杀红了眼　双方血肉横飞　双方忘了生命的存在

双方只有一个信念　守夺阵地哪怕战斗到最后一个人

我军连排官兵已死去大半　战士伤亡更是惨重
敌人从地堡冲出　踩着尸体又和我军展开血搏肉刃
代连长安朝宣　代排长杨讣明从尸体堆里爬出来
用炸弹炸出一条血路　临危负任一发千钧
受伤的战士爬起来　端起刺刀插向敌人的胸膛
日军少尉被我伤兵活活掐死　瞪着双眼成了异乡鬼魂
小川谷一穷凶极恶　挥起指挥刀砍死我军三名战士
一个浑身是血的士兵　用弯了的刺刀刺穿他的狼心
荣一师三团战士踏着尸体冒死冲上六五三高地
郑洞国望着遍地死亡的将士　跪地伏首泪满襟

大战昆仑关

23 日昆仑关北端战斗异常激烈　炮弹横飞烈焰腾空
每前进阵地一寸　不知道要付出多少男儿壮士的性命
昆仑关战场已经变成罕见的杀人屠宰场
为国为民族视死如归　用生命在战场争输赢
没有遗言没有怨念没有留恋　只有深深的民族大恨
冒着枪林弹雨慷慨赴死　尸堆如山层林被血染红
日军中村少将双手挥舞指挥刀　变成一头野兽
两次中弹终于栽倒在地　至死也不愿闭上贪婪的眼睛
下军令烧掉祈军运之长久的六道旭日旗
折不断的军刀折戟昆仑之雄关　断鞘残锋
冲进铁丝网的战士和日军在战壕进行肉搏

手榴弹 喊杀声 枪声　交织成一幅血淋淋的场景

森山中尉红着血眼　用竹枪刺进一个中国士兵的腹部

士兵咬着牙艰难往前迈了一步　用刺刀刺进森山的喉咙

敌人举着白旗假装投降　突然向我军战士猛烈开火

喻排长前胸中弹十几名士兵在枪弹下顿时丧生

排长陆汉山愤怒至极大喊　炸死这群王八蛋

激怒的将士像一头头雄狮　痛杀敌人一个活口也不剩

26日16时40分　我军发起对昆仑关的总进攻

四架中国飞机飞向昆仑关　向敌军阵地狂炸猛轰

一枚枚五十公斤的炸弹　炸得敌人哭爹喊娘无处躲藏

一座座工事 一排排火焰 一具具尸体飞上天空

炮弹划破黑夜　战火将黑夜烧得更加血红

曙光初照我军已经冲上昆仑关血染的顶峰

敌军派出十几架飞机向阵地疯狂反扑过来

恶战四小时双方寸土不让　二营将士全部殉国尽忠

连长吴兴智怀抱机枪挺身直立　眼冒火星东扫西射

一百多名日军倒在他的枪下　英雄铁骨铮铮

敌军调集山下所有炮火射向昆仑关阵地

吴连长血肉凌空　狂飙一曲男儿浩气为鬼雄

敌军虽败不退 求救援兵　我军喋血伏尸 愈战愈勇

混在一起血肉残杀　山河为之变色天地亦惊

一连连长谭俊麟率领士兵冲上去 倒下了

一排战士拿着手榴弹冲上去还有不怕死的二连连长洪运龙

敌人一败涂地黔驴技穷突然施放瓦斯毒气

砍掉我军所有昏倒官兵的脑袋　穷凶极恶丧失人性
站起来的士兵看着断头的战友悲愤不已怒火万丈
一人杀七人也难压下心中的仇恨往上冲
敌军抵挡不住纷纷跳出战壕故技重演假装投降
战士愤然举起带血的刺刀把野兽全部往死捅
我的诗写到这里心情似大海澎湃波涛汹涌
笔尖下奔放出排山倒海的激情　浑身燃起烈火熊熊
对这些丧尽人性的畜生　心不能软手下决不留情
历史上我们仁慈的心肠带来多少悔与恨　血与泪
仁慈于人　仇恨于狼　对魔鬼宽容就是对自己的断送
中国军队前仆后继以凌厉攻势攻下昆仑关
山上到处都是千人缝的护身符　武运长久的白条布
无情的干柴烧着日军官兵的尸体　一股旋风吹向东
旋风吹送着孤魂野鬼　东渡游荡在日本的列岛上
是忏悔是哭泣是悔恨还是为天皇陛下效忠
昆仑关战役消灭日军精锐第五师的一个旅团
昆仑关之战是我军对日寇攻坚战的一个典型

百团大战

风在吼 马在叫
黄河在咆哮 黄河在咆哮
河西山冈万丈高
河东河北高粱熟了
万山丛中抗日英雄真不少
青纱帐里游击健儿逞英豪

——光未然《保卫黄河》

三山五岳齐出动

1940 年中国抗日战争面临严峻的考验
国共两党统一战线的摩擦　在晋中皖南时隐时现
日本军控制了从北到东南的主要铁路和港口
企图截断对中国抗日战争所有物资的外援
德意日法西斯联盟　战火蔓延整个欧洲和亚洲

日本扬言在中国要南取昆明中攻重庆西犯西安

日本政府采取以华制华的策略　企图瓦解抗战的中国

汪精卫在日本人的眼里是南京伪政权的最好人选

投降派日益猖狂　蒋介石心里产生了巨大的压力

宜昌失守张自忠阵亡　抗战形势面临重重困难

日军对敌后根据地推行残酷的囚笼政策

铁路是囚笼的柱　据点是囚笼的锁　公路是囚笼的链

中共为了克服国民政府投降主义的危机

八路军制定了在华北　开展交通大破袭的百团大战

参战部队共有一百零五个团　二十余万浩浩大军

在朱德彭德怀的指挥下发动对日军总进攻

以正太铁路沿线为战略的首要攻击重点

8 月 20 日黄昏　一道红色信号弹划破华北的夜空

霹雳爆炸声　震撼着正太路一百多公里的各个地段

五千里长的战线上　同时发起对敌战区的进攻和破坏

炸桥梁毁隧道拆铁轨烧枕木平路基砍电杆

华北铁路公路线上到处是烈焰腾空硝烟弥漫

日寇在华北的运输线被夷为废墟　全部瘫痪

满山遍野的红高粱　成为一道道天然屏障

掩护英雄游击健儿神出鬼没与日寇周旋

八路军以整化零 化零为整　声东击西 打击敌寇

歼敌于峡谷　歼敌于平原　歼敌于森林和大山

聂荣臻司令员率领晋察冀军区——五师

在津浦沧石平汉铁路沿线　打击了敌人的嚣张气焰

刘伯承邓小平　率领太行军区一二九师
在德石线白晋线同西线的南段　捣敌老巢战功赫显
贺龙关向应率领晋西北军区和英勇的敢死队
驰骋晋北杀敌斩酋　破坏铁链炸毁敌人碉堡据点
敌人的华北战区从城市到农村从高山到平原
八路军破坏袭击战　让敌人防不胜防闻风丧胆

娘子关战斗

险要的娘子关落入敌人之手已经整整三年
它是日寇据守正太路的一个重要据点
敌人司令部设在关内西南的大厢房里
险峻山势铁桶般的工事　碉堡有无数枪眼
八路军组织强硬兵力　分为前后猛烈进攻
敌人疯狂反扑　双方发生了无数次激战
云梯被炸断　搭上人梯冒着枪弹　勇敢冲上去
赤手相搏白刃交战　前仆后继血染千年雄关
勇敢的战士用手雷爆破筒　把敌人的碉堡全部炸毁
踏敌营烧敌房夺敌炮斩敌首　三年耻辱今雪还
经过三小时的激战　消灭了娘子关的所有日军
八路军胜利的红旗　插上娘子关头迎风招展

井陉煤矿战斗

井陉煤矿是日本在华北对煤炭掠夺的一个重要资源点
质地优良的黑色金子被运往日本源源不断
日军在煤矿周围修建了一丈多高的围墙　拉上铁丝网
防守森严的碉堡像狼狗一样　竖立在煤矿四边
骨瘦如柴的中国劳工　在井下为日本侵略者创造财富
过着猪狗不如的生活　看不到阳光看不到天
坑道吞噬了成千上万中国劳工的骨和肉
劳工的血泪劳工的仇恨　堆成即将爆发的火山
八路军犹如天降神兵　迅速捣毁敌人的碉堡据点
两个小时激战　八路军占领煤矿汉奸走狗全部逃窜
在煤矿工人的协助下　炸毁矿上所有建筑和设备
日本损失了三千万元　半年以后才能恢复生产
日酋片山气急败坏调集大队人马前来煤矿增援
八路军早已无踪无影　另外一处又冒起了战烟

133

两个日本小姑娘

我看着聂荣臻将军在百团大战中的一张照片
慈祥的面容　牵着日本两三岁小女孩的手亲切自然
日本小女孩父母战亡　日军溃退把她们遗弃在战场上
八路军战士为救孩子奋不顾身冒着生命危险

聂司令员给孩子治好伤　派老乡把孩子送到日本军营
千叮咛万嘱咐沿路一定要保证孩子的安全
1980 年　聂荣臻元帅接见前来中国访问的美穗子
她就是当年被八路军在战场上救了的日本小女孩
三十多年后到中国感谢中国军队救了她　浩恩无边
我想起日本军队在南京大屠杀的几组镜头
有一个七八岁的女孩　被日军轮奸后遭到残杀的照片
一个小男孩头上流着血　坐在母亲尸体旁大声哭号
一个日军挥起指挥刀将孩子拦腰斩成两段
十四年侵华战争　中国不知道有多少儿童被日寇杀害
这就是大和民族的嗜血本性武士道精神的狂暴凶残
一个民族有一个民族的血脉传统和根性
中国人民的宽仁厚德和忍让　在近代史上
引来多少外来侵略者的残酷掠夺 贪得无厌

榆 社 战 斗

榆社县是日寇进攻敌后根据地的一个重要据点
屯聚着充足的粮秣军需　足足够用半年
据点在榆辽公路沿线对八路军构成严重的威胁
八路军指挥部决定集中兵力坚决攻克榆社县
勇敢的战士在枪林弹雨中　爬上高耸入云的云梯
断然用浸湿的棉被堵住敌人疯狂的枪眼
敌人四丈高的碉堡顿时失去威风　火喉被炸毁

八路军在外围猛打猛冲的炮火　让敌人输得更惨
困兽犹斗　敌人气急败坏凶残本性膨胀百倍
大量施放毒气　榆社县城大街小巷毒气弥漫
地下尖兵队迅速将炸药埋在敌人的碉堡下
一声巨响　几十个母子钢铁碉堡同时飞上天
八路军冲进敌营为死难战士报仇雪恨　敌人尽做刀下鬼
日军中队长藤本和他的兽兵团全部被歼

涞灵战役

莽莽长城在皓皓的秋月映照下显得苍劲峻拔
她象征着中华民族几千年不屈不挠与日月同光
杨成武将军站在古老的烽火台上举目四望
国家危亡山河破碎百姓横遭祸乱日寇猖狂
忆往昔　朔风吹雪透刀瘢 饮马长城窟更寒
看今日　十年征战残阳血 试借汉弓射天狼
1939 年 11 月　日寇发动规模浩大的冬季大"扫荡"
杨成武率部痛击日寇　日本名将之花凋谢在太行山上
一个多月的破袭战　打破日本在华北的囚笼政策
一百零五个团像一百零五把匕首　狠狠插进日寇的胸膛
涞灵战役是百团大战部署中一次关键攻坚战
日军有无数坚固的碉堡　铁桶般的守防
一个漆黑的夜晚　八路军与敌军展开血腥肉搏战
日军抵挡不住丢盔弃甲仓皇西逃大半伤亡

三甲村战斗日寇抛尸弃枪　抱头鼠窜一败涂地
战场上硝烟弥漫敌尸横七竖八摆满战场
东囤堡驻扎着士官教导大队将近二百名日军
尽是杀人不眨眼的老鬼子　训练有素装备精良
我军三天三夜激烈进攻　双方伤亡都很惨重
四十名八路军勇士抬着云梯　冒死冲锋杀声震山冈
四十五颗手榴弹终于炸掉敌人的核心碉堡
一夜激战日军只剩二十七人　被围困在两间小房
井田中佐突围无望　将武器和粮食变成熊熊大火
领着二十七个武士跳进火海　一命呜呼魂归小东洋
日涞源警备司令小柴俊男听到涞源失守不寒而栗
八路军英勇战斗　敌人如丧家之犬惊弓之鸟　终日惶惶

反"扫荡"

日军多田骏又气又急又羞又恼　气急败坏
拼凑了几百人部队　对根据地实行灭绝人性的三光政策
朱德彭德怀左权三位将军签发了反"扫荡"的命令
广泛开展游击战争打击敌人　党政军民密切配合
日军所到之处不论男女老幼一个不留全部杀死
见房就烧见物就抢　井内投毒灭绝人性似恶魔
在襄垣县夏店镇组织了杀人队放火队投毒队
沿途烧杀抢掠作恶多端　枪杀活埋百姓三千多
日军在和顺根据地犯下的各种罪行令人发指

无数村庄变成焦土　五千人的鲜血汇成河
日军对敌后根据地的暴行　激起八路军将士无比愤恨
以血还血以牙还牙誓死保卫根据地的人民　保卫祖国
彭德怀调集了一二九师的强硬兵力攻打关家垴
关家垴攻坚战空前激烈神泣鬼号惊心动魄
日军凭借着有利地势精良武器　毒气妖火
八路军凭着正义之师的气概　战士殊死的拼搏
十八次连续进攻粉碎了日军对太行地区的"扫荡"
我军也付出惨重代价　一二九师伤亡六百人还要多
彭德怀晚年回忆此战役深感当时想法有点欠妥
陈赓说这次战争捍卫了太行　粉碎了敌人的牢不可破
战争的胜利就是要用生命和鲜血来换取
为了祖国为了人民　无数勇士骨抛太行血屠汾河

狼牙山五壮士

狼牙山涧成壮志　威震敌胆
易水河源舒正义　万世流芳

　　　　　　　——狼牙山英雄纪念碑对联

五壮士英雄纪念碑巍然屹立　傲视五陀三十六峰　极目莽莽
易水潇潇兮　燕赵壮士兮　一去不还兮　天地为之苍黄
壮士的英雄史迹七十多载激励着人们的斗志
壮士的爱国民族精神如日月之永恒　万世流芳

为了掩护大部队党政机关人民群众安全转移

五位壮士接受掩护转移任务和五百名日军较量

从山脚到半山腰埋下一捆又一捆手榴弹

连环爆炸　突兀山峰变成埋葬日军的战场

敌人五次进攻反扑　激烈的枪战　抛尸山坡连连败退

五个壮士像铁打罗汉毫发无损无一人受伤

将近一天的阻击战把敌人引向狼牙山主峰棋盘陀

掩护撤退任务已完成　五个壮士笑望即要落山的太阳

班长向敌群扔去最后一颗手榴弹　炸死五个敌人

三面是悬崖后面是敌人　五壮士面对死亡毫不惊慌

为了民族的独立 为了国家的存亡 为了信仰而高唱

纵身跳下万丈深渊　男儿酬壮志　英雄震八荒

刘老庄战斗

由陕西到苏北　敌后英名传八路

送拂晓达黄昏　全连苦战殉刘庄

——李一氓

刘老庄　一个传奇的故事在苏北流传七十多载

她像淮河的水从北到南从西到东　滔滔长流世世代代

八十二名新四军战士为了粉碎一千六百名凶残日寇的"扫荡"

阴风凄凄乌云滚滚天地暗淡　敌我双方把战开

敌人两次猛烈的冲锋都被我方战士坚决击退

肉搏战中十几个战士壮烈牺牲　点点碧血洒尘埃
连长白恩才一只手被打断　他仍然顽强指挥战斗
一次又一次打败敌人大规模的疯狂进攻
弹药用尽　冒着敌人强大的火力　把敌人的枪弹抢回来
一个战士被炸掉一条腿　血肉模糊坚持不下火线
连长用一只手为战士包扎伤口　含泪把战士抱在怀
天落泪地举哀　血血互融脉脉相承涌大爱
山含悲水长哭　仇恨相凝凶狂倭寇脚下踩
经过一天战斗　全连战士伤亡过半阵地寸土不让
火线入党申请书　写着人亡阵地亡人在阵地在
水未喝一滴　嗓眼里冒火胸膛里喷出杀敌的火焰
一弹一敌一刀一血　白刃相搏战场惨烈而壮哉
五次生死较量　八十二名战士倒在战壕里　全部以身殉国
烈士忠勇殉国之精神　至今让国人共荣共哀

百团大战的意义

百团大战历经三个月十五天　八路军取得全局胜利
华北敌后根据地　风在吼马在叫黄河在咆哮
八路军和人民团结一致历经无数次血的战斗
粉碎敌人无数次灭绝人性的"扫荡"和围剿
百团大战共歼灭日军伪军汉奸三万多人
破坏了敌人的交通运输　铁路公路桥梁和隧道
百团大战缴获敌人数不清的军用战利品

解救了上万受尽苦难的煤矿工人　修铁路的中国同胞
百团大战显示了八路军高明的战略　灵活机动的战术
八路军将士敢于为国赴难英勇善战是英豪
百团大战牵制了企图向西南进犯的日本兵
击碎投降分子的圈套粉碎了亲日派的叫嚣
百团大战再一次坚定了蒋介石国民政府抗战的决心
嘉奖八路军　勿予敌喘息机会　彻底断其交通要道
国际上高度赞誉八路军崇高之民族气节
为争取最后胜利而战　最大之决心永不动摇
全国各界人民在抗战最困难时再一次看到胜利的希望
民族更团结军民更团结　三山五岳卷起抗日的狂涛

皖南事变

千古奇冤　江南一叶
同室操戈　相煎何急

——周恩来《千古奇冤》

从古至今有多少朝代以同室操戈家败国亡
皖南事变是国民党限制共产党武装势力导致的军殇
蒋介石秘密下令 对新四军一网打尽 生擒叶项
七千将士含恨饮弹在兄弟枪下　没有战死在抗日战场
临危关头叛徒抢走军饷　杀害了项英袁国平
历史上有多少无耻小人背弃主人向贼领赏
叶挺将军下山谈判　被国民党军队扣押软禁
皖南事变震惊中外　亲者痛仇者快祸起萧墙
蒋介石别有用心下令取消新四军的番号
共产党针锋相对重建新四军　陈毅任代理军长
皖南事变虽然说双方忍让　冲突最终得到平息
国共合作的蜜月已经过去　风欲停江水自激荡
三晋粤南等地经常引起国共两党的小摩擦

自毁长城　给联合抗战带来难以愈合的创伤
大敌当前国家危亡　日寇磨刀霍霍杀气狂
蒋介石啊　你对同仇敌忾 共御外侮这条古训有何感想

血 火 长 沙

文 夕 之 火

武汉沦陷岳阳失守三湘告急长沙危在旦夕
岳麓峰上黑云压城　败兵难民逃到长沙躲避
富商巨贾拾收细软　政客要人惧战逃往西南
爱国军人学生志士　热血沸腾发誓战死不离
长沙孰守孰退　一个偌大的铅块压在蒋介石的心上
焦土抗战不敢想象的下策　时时在他的心底泛起
长沙地处洞庭湖南端　繁华锦绣民富物丰
一座楚汉文化名城有三千年文明的历史
岳麓山下珍藏着楚辞繁衍绵绵的文化宝库
湘江两岸耸立着无数千年楼阁深巷雕间
1938 年 11 月 12 日子夜　长沙市民渐渐进入梦乡
市中心的天心阁一股火光划破夜幕腾空升起
长沙东西南北四面随之燃起了熊熊大火
火借风势风助火燃漫天大火吞没了长沙市

大火烧醒了市民　　呼天喊地乱成一片不知所措

一队队士兵手持火把　　四处纵火有条有理

无情大火迅速蔓延　　烧毁房屋烧毁财产

老弱妇幼残疾伤病　　葬身火海躲避不及

大火吞噬了三千余名长沙市民的生命

一千多条大街小巷顷刻变成残垣瓦砾

无数民房无数文物无数古籍付之一炬

登高望去湘江断流岳麓破碎满目疮痍

大火还未熄灭　　蒋介石从衡阳赶到长沙

街道楼房几乎全部烧毁　　处处冒着烟火的残迹

满街市民牵衣顿足　　拦道哭声让人撕心裂肺

一幕幕旷世绝有的惨景　　让蒋介石痛哭流涕

蒋介石愤然宣布　　坚决查处纵火元凶为民谢罪

两大方案一把火　　三颗人头万古冤　　至今扑朔迷离

酆悌文重孚徐昆　　三个替罪羊断头台上有泪无词

张治中心怀重疚身负重罪　　悔恨交加谢罪于天下

蒋介石以用人失察防范疏忽　　免去其湖南省主席

一场焦土抗战的文夕大火就这样草草收场

一百多万长沙人望着烧毁的家园　　无不痛心疾首哀哀哭泣

国民政府及时成立了长沙善后安置建设委员会

微薄的救济怎能显示政府对百姓的诚心诚意

文夕大火的策划执行者　　显示了对日本人的恐惧

三次长沙会战　　楚湘大地鬼哭狼嚎凄风苦雨

第一次长沙会战

1939 年 3 月 27 日南昌沦陷　武宁高安相继沦入敌手
我军猛烈反攻克高安复南昌　敌军反扑南昌再次沦陷
冈村宁次率兵十万　兵分三路气势汹汹杀向湘地重镇
计划抢汨罗破新墙占高桥攻长沙　不可一世的嚣张气焰
薛岳以九山为三道关陷敌于其中　致其自投罗网
号召动员湘赣十万军民化路为田运粮上山
两方将帅运筹帷幄胸有成竹各自踌躇满志
几次交战各有胜败双方分析战情以利再战
赣北之战　赣南御寇　血洒新墙河　我军固守不退
八次交战八次击退敌人　日军再次使用毒气弹
薛岳摩拳擦掌准备在长沙城下与冈村宁次一决雌雄
陈诚白崇禧来到战前指挥所　传达上峰退兵的令箭
弃守长沙撤兵大西南要保存国军之实力
薛岳列举五条理由　慷慨激昂发表必战之高见
自古战争有得河南夺湖南必得天下之名理
中原已失湖南不守屏障被摧　日军必会长驱西南
长沙士气高昂 民心振奋 粮草充足 地势险要
利用空间消耗敌力重创敌酋以至长期抗战
薛岳怒斥白崇禧枉读兵书散布消极亡国论
大丈夫岂能节节败退　于锦绣河山拱手送敌顽
英雄置生死于度外　拍案大吼将在外君命有所不受
就是砍下我的脑袋　长沙要守要战这是我的誓言

薛岳在电话里给宋美龄汇报时声泪俱下

以血泪捍卫长沙　吾有必死决心毫无偷生之念

薛岳不顾生死捍卫长沙的义举　感动了蒋介石宋美龄

湘雨潇潇兮秋风怒号兮　楚国高天不胜寒

一个月的追追杀杀　一个月的攻攻守守　双方伤亡惨重

中国胜利日本撤兵　结束了南岳雄峙的战事之端

这是中国抗日战争保卫城市取得的第一个胜利

挫伤日军进攻西南的锐气　赢得战略反攻的时间

第一次长沙会战发动群众　学习八路军的游击战术

鄂湘云黔处处是日军的墓穴　处处是日军前进的泥潭

第二次长沙会战

率孤军以守孤城　湘水竟无情　波涛不尽英雄血

摧敌锋而寒敌胆　楚疆今再捷　千古长留节烈名

——郑家溉撰联

一场众寡悬殊惊天动地的白刃格斗战展开了

曹克人营长领着四百名战士和数千日寇在战斗

日军前进无路后退无门像急红眼的恶狼

面对中国士兵的阻挡他们像一群狂人野兽

曹克人高喊为国捐躯死而犹荣　以一拼十以命相搏

战场上分不清敌我　只见鲜血飞溅　人倒地上不见头颅

杀敌有两千　四百名英雄战士只剩下十九人

仍然勇杀猛打　誓不相让　至死不降　决不低头

中国士兵顽强的精神坚强的意志让日军惊叹不已
日军为自己惨痛的失败重大的伤亡而恼羞成怒
日军将曹营长割掉舌头挖掉眼睛剖开胸膛
英雄的尸体被暴徒钉在墙上　还用皮鞭狠狠抽
十九名中国战士身负重伤　被日寇用刺刀凌迟处死
又一罕见的暴行　中国人民永远铭记着血海深仇
头可断肢可裂　爱国的赤胆忠心不可泯灭
湘阴义山上英雄纪念塔　傲然屹立光照千秋

汨罗江上处处是战火处处是拼杀　天愁地愁水亦愁
花门楼下两军相遇　又是一场激烈的人血人肉
师长朱岳身负重伤不下火线　指挥部队奋勇杀敌
副师长赖传湘身中数弹血流如注　扑到敌阵大声怒吼
杀倭儿守国土血染汨罗是英雄感天地泣鬼神的壮举
国破家必亡我们愧做爱国诗人屈原的潇湘之后
将士们含着眼泪抬着师长的尸体向敌人冲去
怒发冲冠咬牙切齿　踏入敌营为师长报仇
无数次激战　日军进攻猛烈　薛岳率部队暂且退出长沙
留守一个团的兵力誓死阻击　已经是孤木难支欲坠危楼
27日敌军大部队渡过捞刀河　来到永安兵临长沙城
29日长沙失陷　日军的太阳旗插上含羞的岳麓
反复激烈争夺战日军已经人困马倦粮断弹绝
中国军队反攻宜昌的战斗打响在长江三峡的东口
薛岳重新布防　调集兵力进行大规模长沙反攻战

日军仓皇应战　最后迫之无奈　从长沙撤出匆匆退走
第二次长沙会战指挥上有所失误薛岳愧疚万分
职责所在 咎无可辞　恳从严议处　以洗汨罗之羞
长沙会战反败为胜奠定我军抗战必胜的基础
爱国将士的热血　人民群众的力量　抽刀断水水更流

第三次长沙会战

1941 年 12 月 7 日日本天皇忘乎所以疯狂至极
偷袭珍珠港太平洋战争爆发　战火蔓延东南亚各地
蒋介石听到报告　坚信美国会加入反法西斯战争的同盟
8 日美国向日本正式宣战　参加世界盟国　共同反对法西斯
日军为了牵制中国军队对香港等地的援助
集重兵围湘南　不夺取长沙不是日军的阿南惟几
薛岳效先贤取日军作战之长　补我军作战之短
提出以均敌势加大空间　实行天炉战法的远见卓识
激烈的前哨战拉开了中日三战长沙的序幕
双方高喊与阵地共存亡　几度殊死搏斗几度更换国旗
王超奎全营官兵阵亡　彭泽生营伤亡惨重
朔风卷血衣啊　向有荣全营战士壮烈牺牲
民族壮士的英雄魂谱写出民族史诗的壮丽
汨罗江两岸的消耗战激烈之状前所未有
血染江水 尸堆两岸　滚滚红浪啸天长啼
薛岳立下誓言　正人先正己准备以死殉国

卅午忠电　表述必死决心必胜信念之雄心壮志
师长方先觉写遗书寥寥数语感天动地
每个将士表现出成则以功勋报效祖国之决心
死则以长沙为坟墓视死如归的浩然正气
每一条街道逐堡逐屋　双方展开激烈争夺战
炊事兵司号兵拿起刀拿起枪和日寇血战到底
倒下去的将士以尸铺路　冲上去的将士踩着战友的尸体
只要有一滴血只要有一个人　就是拼死也是昂然挺立
1月16日日军兵撤岳阳　第三次长沙之战日本惨败
远东阴云密布　唯我长沙上空之彩云光华耀日
长沙大捷以简陋的武装击败装备精锐的日军
向世界宣布配备若是相等　我军即能击败日军的道理
三湘健儿英勇保家卫国　三次击退敌人的进攻
显示中华民族反法西斯战争的决心和实力
长沙会战参加支前的民众人数多达十六万
长沙会战是军民合作民族团结抗战的伟大胜利

长 沙 失 陷

三次血火洗礼的长沙城像英雄一样　屹立在华夏之南
世界瞩目国民赞叹日军望而生畏谈冰生寒
我的诗本来到这儿已告一段落另开篇章
胜与败荣与辱总是荡起我笔下的巨大波澜
日军在太平洋战场上节节失利危境重重

企图打开中国的河南湖北江西湖南陆上交通线
日军兵分三个战区　首先在河南揭开一号作战的序幕
河南守军一路溃退　日军很快占领平汉铁路沿线要点
二号战区再一次发起对长沙衡阳的包抄围攻
拟定了七七事变以来中日战场上最大规模的决战
长沙会战的胜利助长了中国第九战区的轻敌思想
盛气凌人的薛岳以功臣英雄自居遇事武断
贻误战机　兵力薄弱和兄弟部队步调不能保持一致
战斗军纪松弛　失去民心是国军失败最根本的关键
保卫战中无数将士无怨无悔呜咽北去湘江水
岳麓山天心阁望城坡妙高峰一路血洒桃花山
我与敌四天的激战　英雄长沙城含悲含泪陷敌手
骄兵必败　薛岳愧对湘江愧对岳麓高呼苍天泪洗面
长沙失守给全中国抗日战局带来严重的后果
湘北湘中大片国土沦丧敌手　威胁着川桂云黔

常 德 会 战

三个师长的誓言

彭士量

石门战场上有一个军官端着机枪　他就是彭士量

枪口吐出火焰射向敌人横扫日寇豺狼

枪声淹没吼声　吼声淹没杀声　杀声震撼四面山冈

余献身革命二十余载　今誓与阵地共存亡

他是国军第五师师长　守石门一个师几乎战亡殆尽

抱起机枪从先天傍晚战斗到第二天日落残阳

几百个敌人围着忠勇绝伦的中国军人　身子瑟瑟发抖

彭士量像一个屹立在阵地上的巨人　捍卫国土寸土不让

敌人的子弹像疾雨射向英雄　鲜血染红了阵地

他怒目圆睁　为国成仁无遗憾　为国死光荣无上

鲜血染红了给妻子的遗书　爱国深情字字行行

刻苦自持　善待翁姑　教育子女　以继余志　为国争光

许国璋

日军攻陷桃园城兵分两路　两军鏖战沅水旁
中国一〇五师的将士奋勇杀敌血染战袍命殒沙场
师长许国璋带领敢死队冒弹雨冲进敌人的营堡
子弹打完用大刀　大刀刃卷用枪托　勇不可当
敢死队员东拼西杀不顾生死个个势如猛虎
战斗竟日死伤惨重尸横遍野　流水变成血浆
许师长倒竖虎眉　只身相搏杀死几十个日寇
刀劈日酋被后边的鬼子用暗刀刺成重伤
部属以为师长阵亡　把师长抬在沅江的南岸
是日清晨师长苏醒　耳闻对岸枪声已停忙问战况
我是军人应该战死疆场　运我过河辱我英名
大叫还我河山　大丈夫焉能临阵脱逃　拔枪自戕

孙明瑾

士兵都亲切称你为战场上的虎将年轻的师长
你驰骋疆场十几载　英勇善战指挥有方
常德危急　你率第一〇一师从衡阳赶赴前线
攻占德山　战场上和敌苦苦鏖战激烈异常
拉锯战战壕战暗堡战肉搏战敌我双方在混战
一战比一战激烈　一个战士比一个战士英勇顽强
你一手拿枪一手拿刀临危不惧指挥若定

敌人暗堡吐出罪恶的子弹　射进你挺起的胸膛
临死前你大呼　中华儿女要壮烈　不贪生不畏死
牺牲生命救国救民勇敢杀敌　七尺男儿死又何妨
为了捍卫国土为了民族的存亡　你流尽最后一滴血
你用三十九岁的青春年华　谱写出人生制高点的光芒

壮哉五十七师

我无法抑制　激情澎湃为勇士放声歌唱
为国家为民族不顾生死　前仆后继饮弹疆场
每一个战场上的胜负不知道有多少人的尸体来换取
每一个战场的一寸土地不知道有多少人用鲜血
溅染征夫袍　浆喷城头旗　渗透生我养我的沃壤
常德会战是抗战后期最激烈最悲惨的一场战斗
双方集结五十万精锐大军　在常德城较量
国民党五十七师八千名健儿奉命死守常德城
余程万临危负任　阵前动员演讲士气昂扬
两万日军从四面围攻常德城　气势汹汹
我方将士血战七昼夜　抱定决心常德不在我等亡
日军空军狂轰滥炸　步兵攻城炮火异常猛烈
守军高抬枪口击落敌机　白刃肉搏大街小巷
滂沱大雨倾天而降　天愤人怒　人狂雨更狂
雨水伴着血水　淹没尸体顺着城壕滚滚流淌
洪水般的反扑不怕死的抵抗　敌人几次退出城外

敌人狗急跳墙残忍施放毒气　耍尽恶棍流氓伎俩

余程万头戴钢盔率领勤杂政工人员投入战斗

毒气吞噬生命　以生命捍卫国土　壮烈空前殊死较量

日军司令官气急败坏下令空投燃烧弹

烧毁常德市街　迅速取得成果　常德城变成火的海洋

余程万领着副师长参谋长政治部主任和卫队战士

坚守一屋奋勇抵抗　誓死不退坚守中央银行

师团将官满身是血浑身是伤　寸土之地决不放弃

高呼五十七师万岁　中国万岁　壮烈情景催人泪下　风暴雨狂

八千将士孤军守城赢得了世界对中国人最大的敬意

五千七百零三个英灵长眠在烈士陵园　松柏常青千年流芳

常德会战规模之大　战况之惨　损失之重　是历次会战之最

常德失而复得　是用五千名将士生命换来的辉煌

常德会战歼灭日军四万余人　给日军之重创

血染红的五十七师　壮哉不愧世上英　纵死犹闻侠骨香

鄂西会战

石牌保卫战

成功虽无把握　成仁确有决心

————胡琏

1943 年德意法西斯节节败退穷途末路
日本在中国战场上也是处处弃城失地残烛日暮
为了在中国迅速结束战争　抽出军力和德意联手
在鄂西集强兵欲溯长江而上　进攻重庆　一掷孤注
蒋介石也感到鄂西会战的重要性　坐卧不宁 心事重重
调陈诚守鄂西誓死守住重庆的长江门户
石牌东距宜昌六十里　是长江三峡的锁钥口
地形险要军事重地不能让日本鬼子攻入
防守石牌前方的部队是江防军十八军十一师
师长是陕西愣娃胡琏　抗日战争中奋勇杀敌战功卓著
战幕即将拉开　胡琏写下五封遗书交给副官崔焕之
有其父有其兄有其妻有其友全师将士落泪长哭

防守要塞前途莫测　有子能殉国　父亲情亦足矣

赳赳武夫血洒疆场原属本分　情泪江天莫惦夫

战前胡琏率领全师部队登上凤凰山进行天祭

三炷檀香袅袅烟气飘升天空　赤身战士擂起祭鼓

我师奉命保卫祖宗艰苦经营遗留吾人之地

生为军人死为军魂　今贼来犯决予痛歼以身殉职

正义必得天地道　吾坚信苍苍者天必佑我师部

5月28日黎明　日本飞机大炮向石牌要塞猛攻

子弹飞啸排炮轰鸣敌机滥炸狼嚎鬼呼

骄横无比的三千日军步兵向牛长坡阵地扑来

三十一团团长尹钟岳　沉着应战打退敌人数次反扑

敌酋看到日军的尸体横七竖八恼羞成怒

二十多架敌机几十门大炮向我阵地轮番轰炸

滚沸的长江水染成酱紫色　呜咽江水人尸浮

守卫彭家坡阵地的九连官兵伤亡殆尽　阵地失陷一角

战局一度扑朔迷离　蒋介石陈诚坠入层层迷雾

胡琏斩钉截铁向重庆保证　此时前线正在全面拼死

我虽孤军奋战全体官兵士气旺盛不成功便成仁

敌尸如山血流成河　我石牌犹如钢铁坚固

蒋介石再一次给胡琏下达誓死保卫石牌的电令

石牌乃中国之斯大林格勒不能退让一步

日军阵阵失利　日酋横山勇毫不畏惧选择两手硬

兵分两路围攻石牌　定要实现进攻重庆的"宏图"

胡琏部队凭借地形天险　阻击敌人近距离作战

日军如碰铜墙铁壁　攻不下横山勇暗暗叫苦
国军几个师联合作战　把日军拦截在石牌要塞之前
长江两岸都是日军丢弃的武器　尸体和头颅
尽管日军增援不少兵将　在阵地故技重演施放毒气
中国壮士早把生死置之度外势如雄狮猛虎
日军阵线已经全面崩溃　节节败退仓皇逃窜
我军一鼓作气全线反击对野兽决不饶恕
中美空军对败退东渡宜昌的日军　以血还血以牙还牙
飞机呼啸　日本官兵四肢断裂掉入长江葬身鱼腹
石牌保卫战我军取得全面胜利　收复鄂西大部分失地
日军企图攻占陪都重庆的计划彻底破产首尾难顾

入 缅 远 征

弟兄们向前走 弟兄们向前走

五千年历史的责任 已落在我们的肩头

日本强盗要灭亡我们的国家

奴役我们的民族

我们不愿做亡国奴 我们不愿做亡国奴

只有誓死奋斗 只有誓死奋斗 只有誓死奋斗

——戴安澜《战场行》

铁 师 远 征

1942 年 2 月日军逼近缅甸仰光 英军节节败退溃不成军

无奈求助中国 蒋介石派精锐部队十万走出国门

戴安澜将军率部二〇〇师作为先锋 踏上远征路

军队蜿蜒数十里 旌旗猎猎浩浩荡荡铁流滚滚

披铁甲为国争光不胜不还 驱逐倭寇扬威异域

跨战马满怀豪情奔向远方 声势壮观军心振奋

这是甲午战争以来中国第一支出国远征的将士

肩负盟军的委托　打通滇缅西南交通之重任

万里赴戎机 关山起战云 旗扬征夫志 鼙鼓壮军魂

十年战败泪 辱国越王恨 倾其天汉水 誓洗倭寇尘

英国军队对待缅甸人民长期剥夺和镇压

哪儿有压迫 哪儿有反抗　缅人对英军怀着深仇大恨

骄横的英国佬本来就蔑视中国的军队

鸦片战争侵略得胜至今让他们以势为君

长期养尊处优　英军已经缺乏战斗的意志

何况缅甸不是他们的国土　殖民者岂能有善心

英军企图利用中国军队掩护他们尽快撤退

并不想真正保卫缅甸　总是以邻为壑不义不仁

骄狂的亚历山大危时赴任　看不起日本 更看不起中国

不到三天仰光失陷　双手乖乖献给日本人

美国史迪威纵览战局气势遏云　把日本根本没有放在眼里

蒋介石对日本人的认识更深刻　困难估计更充分

美国英国军队的首领　争夺着盟军军事指挥权

战心分离意见分歧给初战失利埋下了祸根

同 古 血 战

策马扬鞭走八荒　远征大业迈秦皇

誓澄宇宙安黎庶　手挽长弓射夕阳

——戴安澜

同古　南缅平原上一座小城　商贾云集历史悠久
是仰曼铁路线重要城镇　进出仰光的咽喉
中国远征军一定要坚守　日军必须迅速占领
双方势在必争　将会有一场不可避免的残酷战斗
仰光失守　英军士气低落　犹如一群惊弓之鸟
同古一带的英缅军不敢抵抗只知快快退走
他们只想把中国远征军当作一面御敌之墙
谎言仰光至普罗美道路畅通　仰光仍在我手
受亚历山大之遣　远征军主力开往皮尤河附近
史迪威集主力于平满纳　同古只有我军二〇〇师坚守
远征军万里征程营未安寨未扎战况不明
皮尤河取得第一战的胜利让英美赞不绝口
日军初战失利　集结强大兵力向同古疯狂反扑
空军投弹轰炸同古　皮尤河失败让狂徒既羞又怒
戴安澜孤军作战　誓言余决以死报效国家
全师将士杀倭寇壮国威　如狼似虎山摇江吼
日军数攻数败　竹内宽中将气急败坏全巢倾动
施用糜烂性毒气滥杀生命　是古今中外最凶残的野兽
日军几进几出我军几退几攻双方伤亡惨重
十天殊死战斗　同古城各占一半　敌我双方人血横流
此时英军对同古的血战不予配合　漠然置之
史迪威错估形势坚持出击仰光　急喝庆功酒
蒋介石为了保存远征军的实力　下令二〇〇师撤出同古
戴安澜周密撤退部署沉着镇定　不给日军留后路

十二天的同古血战是远征军入缅第一次大战
以少胜多　歼敌数倍于我　中国远征军荣扬美欧
史迪威赞誉戴将军立功异域　扬大汉之声威为第一
亚历山大对自己的骄狂自负错误判断深感愧疚

仁安羌大捷

炎徼初来火伞张　梅苗避暑有山庄
明盟高会筹良策　坛坫从容制锦囊

——罗卓英

七千人的英缅军被一千日军围攻在仁安羌
仅两天围困弹尽粮绝英缅军准备举旗投降
高傲的英国人一扫往日帝国绅士的风度
日不落帝国的米字旗遇到血红的小太阳
亚历山大急切请求罗卓英派援兵相救
救兵如救火　孙立人率三十八师赶往战争的前方
英缅军两天的忍耐已到军心崩溃的边缘
热锅上的蚂蚁　无数次求救指挥官陷入绝望
孙立人将军斩钉截铁发出一语千钧的承诺
即使战斗到最后一个人　必须救出贵军安全无恙
4月19日凌晨　沉沉的雾气笼罩着日军的阵地
远征军出其不意向日军发起猛烈进攻　杀声响彻战场
四周放火四面打枪四面八方吹起冲锋号

161

袭扰敌人迷惑敌人　敌人难以判断我军的多少与弱强
慌乱的日军迅速投入战斗组织猛烈反扑
双方白刃拼搏　战斗激烈三失三得你死我亡
营长张琦身中数弹　大声喊着弟兄们杀啊
直到流尽最后一滴血牺牲在血染的异邦
油田起火油管油罐爆炸　燃起冲天熊熊的烈火
火龙随着燃烧的油流　四处飞蹿扑向油田四面八方
烧毁太阳旗 烧毁汽车 烧毁油田的所有设备
遍地是烧红的枪和炮　无数倭寇火海葬
远征军仅用一个团的兵力攻占了油田和高地
日军遗尸一千二百具　锐气受到重重挫伤
远征军救出五百名英军官兵　美国传教士和记者
七千名英缅战士安全撤离　绝处逢生惊喜异常
亚历山大史迪威举杯祝贺英缅军人安全撤退
你们是否想到中国一个团的将士　一半魂断异国他乡
亚历山大谎言成套　骗取远征军为他们撤退做后卫
英缅之军如丧家之犬撤退到印度　其行为可耻荒唐
盟军背信弃义　三十八师歼敌部署功亏一篑
将士热血付诸东流　日军再次攻占了安仁羌

魂断野人山

杜聿明睡在担架上一会儿昏迷一会儿清醒
撤退大伤亡让几十年戎马生涯的将军无限伤情

盟军背叛　远征军踏上漫漫的不归路
走进了野人山处处是密林如织　崇山峻岭
缅甸的五六月　炎热难耐淫雨霏霏暴风肆虐
沿路处处都是沼泽洪流深潭暗礁　道路泥泞
荒无人烟的原始森林　蛇缠蝎蜇虎啸狼嚎
恶虫毒蚊昼夜侵扰　霍乱伤寒疾病流行
给养中断骡马倒毙　官兵忍饥挨饿病体难支
无数战士死于非命　没有战死疆场悔恨终生
杜聿明跪在死亡战士的墓冢前　浊泪横流
"仗打到这个分上"我以何面目对待死亡的英灵
沿途可行之道又被日军猛烈的火力严密封锁
敌人沿途埋伏不断追杀　有多少将士枪弹下丧生
一千五百名重伤病员聚在一起　纵火自焚惨不忍睹
誓死不投降　免受日寇野兽的虐杀和欺凌
相互自杀饮弹而亡的重伤员　沿路一桩接着一桩
死前所有的遗言都是嘱咐战友把骨灰
一定要埋在国土上　竖个小石碑 垒个小黄冢
我们为国而死为中华民族而死死而无憾
做鬼也要在战场上杀倭寇　为国家再立新功
一句句发自肺腑的忠勇之言　一场场的英雄壮景
苍山啊　你为这些忠魂低首垂泪 你为这些忠魂永远做证

二〇〇师撤退时远离主力军同样走上死亡之路
顺利通过两道关让戴安澜看见了一线光明

第三道关卡遇伏军发生激战　二〇〇师伤亡惨重
戴安澜突围时身中三弹血流如注倒在野草丛
临死前要求换上新军装　嘴里喊着祖国万岁
挥手势指北方魂要归国兮　指南方反攻要反攻
一代名将壮烈殉国死在域外　年龄不到三十八岁
苍天无情不佑忠臣良将　却在姑息贼寇护奸佞
戴安澜部冲过公路到达腾冲　渡过咆哮的怒江
一支哀军克服万难千险　终于抵达保山县（今保山市）集中待命
一万多名雄赳赳气昂昂英姿勃发的远征军
踏进国门师长已死元气大伤　再剩将士四千名
杜聿明将近三个月的生死撤退　到达印度雷多
一群衣衫褴褛形似乞丐的残兵　结束了苦难历程
一万四千七百名远征军将士的累累白骨抛弃在野人山
第一次远征军的失败　孰是孰非一半阴雨一半晴

驻印军扬威

1944 年除夕的夜晚星斗满天南风微寒
战斗在异国的将士万里迢迢思绪绵绵
十三年戎马生涯有多少战友饮弹亡命疆场
十三年战火毁了我们多少温馨的家园　沃土良田
十三年艰苦抗战日寇已经到了穷途末路
十三年全世界卷起反法西斯的暴风狂澜
远在东北日寇铁蹄下残生的父老乡亲

祝福吧　日寇即要灭亡　黎明将要冲破黑暗

孙立人披着战袍站在围攻八莫战场的制高点
露湿戎甲风拂壮心遥望北疆情寄轩辕
八千里路云和月　曾几度饥餐倭寇肉渴饮倭寇血
驰骋疆场倚剑长啸　直捣黄龙府还我河山
两年前兵败野人山蒙上难以洗刷的奇耻大辱
大森林里处处是累累白骨　处处是荒坟野冢谁人怜
十万将士魂断缅甸　野人山冤魂不散怒冲冲
孙立人咬牙切齿仰天发誓　仇恨不报心不甘
一年多强化训练　驻印军扬旗击鼓重返缅甸
踏上旧路的回手铜　铜中含仇　仇恨万丈祭铁铜
三十八师和恶劣的自然环境拼斗将近八个月
历尽千难万苦　终于将雷多公路修到南阳河岸
和敌人几次激烈交战　驻印军取得节节胜利
显示了驻印军初战告捷　武器优良将士勇敢
胡康河谷是魔鬼居住的地方　山高林密河流纵横
这儿曾是远征军白骨萦野草　黄冢伴着生锈的枪弹
驻印军不畏敌军不畏天险新仇旧恨一起算
万炮齐发大地抖动空气灼热　热血沸腾杀声震天
将士们高呼为死难者报仇　跟随军旗扑向敌阵
冒着枪林弹雨前仆后继猛夺阵地勇往直前
孟拱河谷地势狭长　南北约有一百三十多公里
雨季来临山洪暴发河流泛滥峡谷汪洋一片

日本军队节节败退死伤无数丢战车抛尸体
焦头烂额失魂落魄仓皇逃窜缅甸之中南

日军侵占了缅北密支那　截断中印航空运输线
驻印军誓死要夺回这一战略要地　配合空军作战
史迪威派出中美联合突击队个个技能非凡
越悬崖穿密林披荆斩棘绕行到敌人的后方
神不知鬼不觉犹如一把插入敌人心脏的利剑
密支那战役是一次反攻缅北关键性的战斗
被称为一场绞肉机战争　参战者人人毛骨悚然
一百天的激战　盟军用血和肉攻取了密支那
日军水上源藏少将饮弹自杀　抛尸伊洛瓦底江边
消灭凶残的日寇清除障碍　确保空中航线畅通无阻
运输抗日军队 运输抗日物资 克服万难千险
孙立人想着一年来取得的胜利战果感慨万千
爱国热情共同道义国家兴亡匹夫有责钢臂铁肩
南来的风北去的云把我们的胜利带给战亡的将士
抗日将要胜利 金瓯即要完复　酹酒告慰众先贤
八莫我们已经攻打半个月　敌人还在做垂死挣扎
我们的将士逢佳节饮晨露　身在阵地抱枪难眠
螳臂岂能挡车　正义一定战胜邪恶 黎明必将冲破黑暗
待到南北统一日　家祭勿忘告乃翁　热泪滚滚湿戎衫

166

收 复 滇 西

怒江松山腾冲龙陵你死我活血肉战场
反攻大滇西　　新远征军在横飞的血肉中取得胜利辉煌
无数次战斗我们都是防御失败 再防御再失败
滇西之战我们是全线反攻取得胜利再胜利
胜利春风怒江潮 横断山鹰挥金刀　　天破晓 露曙光

1942 年 5 月 4 日　　惠通桥的激战差点改写了抗战的历史
奔腾的怒江水啊向人们倾诉着今天和以往
日军装扮成一群难民　　混迹于过桥人群之中
机枪手榴弹毒气钢盔在推着的木车中隐藏
一个中国守桥士兵不慎走火　　引起敌人的恐慌
拿起武器扫射过往人群不顾死活冲到桥头上
守桥的我军战士急忙引爆桥上安装的炸药
一声巨响　　桥上的人和车全部落在滚滚的怒江
日军偷渡怒江进攻被阻　　缅甸公路也被切断
中日两军屯兵怒江两岸　　东西隔江虎视相望

时隔两年我军强渡怒江的枪声再次打响
十几万大军绵延数十里　　冲破敌人江岸的设防
每个橡皮筏载着十几个士兵在怒涛中穿过
几百艘大小船东风卷战旗　　浩浩荡荡大军过江
怒江两岸的山峰上站满呐喊助威的民众

无数啦啦队唱着战歌激励战士的心房
桥上奔走着无法统计的民众支前大队
驮着物资背着粮食送到前线送到战场
沿路站满饱受日寇蹂躏的父老乡亲同胞姐妹
他们含着眼泪拿着水果拿着鸡蛋拿着干粮
双手捧着热腾腾的稀饭和姜汤情满衷肠
敌机炸毁道路　他们自发拿起工具平路填坑
顶着敌人的枪弹　冒着大雨　贡献出一点微薄力量
他们带着干粮赶到战场帮助战士修筑工事
夜以继日不顾生死　有人伤残有人和阵地共存亡
他们不要战争　他们要和平　他们不当亡国奴
赶走日寇安居乐业　幸福生活是他们的期望
滇西战争的胜利给这些平凡百姓重重记一功
多少无名英雄的血和肉筑起抗战的城墙

松山要塞被日军称为东方的马其诺防线
日军修筑了坚固的防守要塞　要攻破难于上青天
阵地上设有无数地堡暗堡铁丝网和射击孔
修造了纵横交错的交通战壕　散兵坑　坑坑相连
几十次和日军的硬打硬攻　新远征军伤亡惨重
我方飞机大炮炸平阵地　暗堡里又吐出敌寇的火焰
愤怒的炮火把日军松山阵地不知道轰炸多少遍
敌人的尸体填满战壕　草木浮土亦化成焦炭
蒋介石给卫立煌宋希濂下了一道死命令

九一八国耻日十三周年之前　必须全面攻占顽强的松山
我军工兵夜以继日向松山顶峰掘进挖洞　实施爆破
8 月 21 日随着一声巨响　日军守备部队被送上天
副军长李弥看着国旗插上松山顶峰　热泪夺眶而出
看着一排一排倒下的战士　两眼充血血往头顶翻
他双手端着机枪领着队伍不顾一切冲上山峰
胜利了　跪在牺牲将士的尸体前悲伤无限
数月激战腾冲龙陵血流成河景况极为凄惨
两个县城要镇被夷为平地　尸横遍野房塌路断
昔日的腾冲历史悠久商贸兴旺富甲一方
如今繁华荡然无存　处处是尸骨如山　断墙残垣
国殇墓园葬埋着腾冲战役死亡将士　支前民夫两万人
一座高大纪念碑傲然竖在腾冲县城之西南
陵园形状犹如一口巨钟　取警钟长鸣之意
腾冲的山　腾冲的水　腾冲的人　永远把英雄怀念
龙陵之战是中国新远征军和日军一次空前决战
六个月残酷的争夺战　触目惊心 天地落泪 鬼神亦寒
日军虽非正义之师　作战之勇敢顽强不能不令人叹服
我军将士万难当头赴汤蹈火粉身碎骨精神可赞
龙陵之战以中国新远征军取得最后胜利而告终
战争之艰苦损失之巨大不能不让人感慨万千
滇西的收复　十四年抗日战争已经接近了尾声
十四年的抗日战争胜利在望　血雨横飞洒江天

百 姓 抗 战

九一八事变后日本人野心勃勃趾高气扬
错误估计形势　认为中国很快就会灭亡
南京政府不抵抗政策葬送了东北锦绣山河
共产党停止内战一致抗日给抗战指明方向
国军将士英勇抗战抛头颅洒热血赴汤蹈火
忽视了依靠群众发动群众人民战争的力量
以水代兵焦土抗战葬送了上百万百姓的生命
有些部队有些官兵欺民扰民是国军之伤
八路军新四军在敌后根据地和群众心连心
军民联合起来组成抗日战争的铁壁铜墙
水上游击战　山林游击战　还有青纱帐歼灭战
地道战地雷战铁道战是军民联合作战的榜样
中国百姓有以国为天忠国爱国的优良传统
中国百姓有民族大义皮不在毛焉存的崇高信仰
五千年的中华民族经过多少次生死关头浩难大劫
有多少平民英雄市井豪杰视死如归血洒沙场
十四年的抗日战争我们付出了三千五百万人民的生命

多少是达官贵人多少是平民百姓这个数字谁曾想
十四年平民百姓的房屋财产被日寇烧毁掠夺有多少
十四年的抗日战争全国百姓贡献出多少军需和军饷
十四年有多少百姓弃家从戎训子殉国送夫抗战
捐钱捐物支援前线肩负道义赴国难可歌可泣豪情壮
十四年有多少百姓为了掩护抗日战士和伤员
面对屠刀临危不惧视死如归芸芸苍生杀东洋
国难当头是英雄书写历史还是人民书写历史
今天我情不自禁要把百姓抗战的故事歌唱

军鞋寄深情

千层底 黑鞋帮
前三后四中三行
抽针齐鞋口
底儿五十行

——阜平县民谣

抗日战士跋山涉水赶赴前线浴血奋战英勇杀敌
有人穿着草鞋有人赤着脚板有人穿着破衣
敌人的血腥围剿饥寒的困扰难不倒战士的意志
不当亡国奴　骨子里迸发的仇和恨强大无比
后方百姓组成各种组织　支援前方的抗日战士
宣传抗日救国全民动员有钱出钱有力出力

阜平县抗日干部烈军属占全县百分之七十五
男人前方打仗女人后方支前　英雄事迹可歌可泣
昏暗的灯光下纳着军鞋　心里想着前方子弟兵
一针针一线线凝聚着后方百姓的深情厚谊
战士穿着"千层底"　行走在山路上　显得矫健有力
战士蹬着"踢死牛"　拼杀在战场上　像勇敢的雄狮
战士穿着百姓纳的布衣　吃着香喷喷的小米
穿着舒服的"千层底"　增强了打鬼子的力气
一双双布鞋送到抗日前线　送到抗日战士的手里
老百姓为抗战做出贡献立下了不朽功绩
高玉兰张富花这些千百万普通的农村妇女
中国抗日战争的历史上　绝不能把她们忘记

四川民工修机场

四川在抗战堂堂　堂堂
壮哉天府　神禹故乡　资源富　民力强
快完成建设大纲　拱卫中央　同心同力国势张
公忠勇毅　踊跃成行
可恨的倭寇猖狂　可爱的民族发扬
健儿们　上　上　上

——《责任》漫画配诗

樊建川博物馆收藏着抗日战争中的一幅漫画叫《责任》

它是樊建川抗战展览馆一件意义非凡的珍品
一个光着脊梁的四川大汉　孱弱的双腿已经弯曲
他极力向上背负着座座大山　只有呐喊没有呻吟
推销救债 组织民众 支援前线 征募壮丁 清除汉奸
还有各种后方建设　压在四川五千万纯朴农民之身
他不堪重负穷苦潦倒　赤着双脚瘦骨嶙峋
但他没有卸下包袱没有退却极力苦撑顽强坚韧
抗战八年　四川有三十万川军将士奔赴抗日前线
三百万兵源运向各地　二十六万将士成了疆场鬼魂
四川征收的稻谷占全国征粮总数的三分之一
农民饿得奄奄一息　抗日粮款不欠一粒一文
为了打通抗战交通线　二百万民工担负起修公路的任务
衣衫褴褛风雨无阻昼夜苦干吃糠咽菜血汗沾襟
为了国家为了民族为了赶走万恶的日本侵略者
再大的痛苦再大的伤亡再大的重负我们也能忍受
这是中华民族的优良传统千千万万中国百姓的责任

樊建川抗日纪念馆收藏了四个当年修机场用的石碾子
一百个人才能拉动　直径两米多重量有四吨
1943 年美国派遣大批空军来中国支援抗战
在四川各地修机场　半年必须竣工　时间非常吃紧
数九寒天　五十五万民工拉着架子车推着鸡公车
挑着撮箕筐　背着简陋的行李卷　别家离门
有男有女有老有少甚至有些人全家出动

从成都四面八方拥向工地　处处人潮滚滚
任务紧迫　繁重的劳役民工们难以支撑
想起友军的支援抗战即将胜利增强了信心
简陋工棚劣质饭菜　民工忍饥挨饿无怨无悔
省一粒粮食省一文钱送给前线杀敌的将士
有的人劳动中流血流汗负伤致残了身体
有的人疾病交加无钱医治死后被掩埋在黄尘
虽然我没有奔赴疆场和敌人进行肉搏　刺刀见红
亲手杀死几个日本鬼子　死在疆场也不悔恨
为修机场而死　也尽了一个中国人爱国的本分
抗战胜利后到我坟前烧几张纸钱告慰我的灵魂
五十五万民工半年时间饥寒交迫夜以继日艰苦劳动
如期修成机场　世界对中国百姓爱国精神非常钦佩
1944 年 6 月第一批轰炸机群从成都机场飞上蓝天
日本八幡市变成火海　这是中美联军第一次空袭日本
中国有多少平民百姓在为抗日战争默默奉献
抗日战争胜利史册上他们却是默默无闻
牢记众之所助虽弱必强　众之所去虽大必亡
水可载舟亦可覆舟　人民永远是当权者的后盾

常隆基怒杀敌中将

常隆基出生在辽宁省西丰县一个贫穷的农民家庭
无休止的战祸致使家贫如洗　全家人经常挨饿受冻

九一八事变日本关东军在东北烧杀抢掠无恶不作
对侵略者的仇恨深深埋进常隆基小小的心灵
日本人归屯并户粮谷出荷　夺去农民的土地和粮食
体弱多病的父亲气恨交加断送了性命
年仅十五岁的常隆基担负起全家人生活的重担
一个漆黑的夜晚又被伪满军队抓了壮丁
超负荷的训练　猪狗般的生活　棍鞭不休止地毒打
经常被日本教官打得遍体鳞伤人事不省
常隆基受不了日本人的精神摧残肉体折磨
上吊自杀被同伴救下　想起国破家亡泪如泉涌
看到日本鬼子每天都在屠杀抗联战士残害百姓
野兽暴行激起常隆基仇恨万丈怒火熊熊
他发誓定要亲手杀死几个日本鬼子报仇雪恨
刀山要敢上火海也敢闯　生不为人杰死要为鬼雄
1943 年日伪高级将领要到五顶山视察军事要塞
常隆基为日军中将楠木实隆牵洋马当了随从
他将上好子弹的手枪偷偷藏在马的粪兜里
干掉一个够本干掉两个赚一个　英雄壮士何惧项上红
常隆基牵着马望着日军中将　牙齿咬得咯咯响
强压心头怒火表面小心翼翼显得镇定从容
楠木实隆骑在马上望着山下被他们侵占的黑土地
显得踌躇满志气势汹汹青面獠牙无比骄横
常隆基国家仇民族恨　气冲牛斗怒火燃胸
掏出枪射出仇恨的子弹　日中将应声倒地毙命山顶

在场日伪军还没有反应过来　随即大喊抓刺客
常隆基纵身上马直奔山下逃得无踪无影
日伪军倾巢出动搜查刺客布下天罗地网
群众两次相救两次逃脱　血浓于水的民族情
汉奸告密日伪军层层围困　把常隆基围在松花江畔
他高喊我成功了　纵身跳进滚滚的洪流中
常隆基　一个英雄的名字传遍东北的白山黑水
英雄纪念碑　壮士雕塑仰天长啸纵马驰骋

英雄二小放牛郎

牛儿还在山坡吃草
放牛的却不知哪儿去了
不是他贪玩耍丢了牛
那放牛的孩子王二小

　　　　　　　——方冰《歌唱二小放牛郎》

小英雄王二小的坟头上长满野花和绿草
血染的纪念碑至今让我们为小英雄骄傲
抗日战争中国涌现了无数儿童团童子军
鸡毛传信战场杀敌侦察敌情站岗放哨
岁月的增长战火的锤炼 有的人统领千军万马
东拼西杀南征北战血染铠甲挽弓射大雕

有的人花蕾之季就惨死在日寇的屠刀下
壮志未酬无怨无悔山花烂漫她在丛中笑
王二小的村庄是敌后抗日根据地模范村
村子驻扎着八路军后方指挥部的各级领导
王二小从小目睹耳闻日寇在中国的野兽暴行
八路军爱民亲民奋勇杀敌堪称是抗日的英豪
有一天王二小正在放牛　碰到几十个日本鬼子
气势汹汹前来"扫荡"　要把八路军指挥部围剿
机智的王二小不能让八路军和群众受到袭击
装作引路　日军被骗到八路军的埋伏地　村后山坳
八路军看见王二小和日寇在一起不敢贸然开枪
小英雄看到静悄悄的山冈没有动静　担心日寇逃跑
不顾生死大声喊　八路军叔叔赶快打鬼子
鬼子方知上当向王二小举起血淋淋的屠刀
小英雄被刺死在石板上　鲜血染红了野花
埋伏的八路军怒火万丈恨不能把日寇生吞活咬
愤怒的手榴弹　复仇的子弹　还有自制的土炮
几十个日本鬼子被送上天　没有死的敌人跪地求饶
战士含着眼泪抱起王二小的尸体走进村庄
村头打麦场上拥满无比悲愤的干部群众 男女老少
八路军指挥部为十三岁的小英雄举行追悼会
小英雄的事迹传遍抗日根据地　登在《晋察冀日报》
战地文工团创作了歌曲《歌唱二小放牛郎》
至今人们还唱着这首歌　赞美抗日英雄王二小

卢作孚的宜昌大撤退

四川卢作孚小学文化程度　后来成了中国的船王
包玉刚曾说过　卢作孚要是在就没有包玉刚
卢作孚靠一条小轮船起家　几经波折　几度拼搏
揭开民生公司的一页　创造了航运史上的辉煌
他提出化零为整合并经营　发展兼并三部曲
从帝国主义手里夺回长江航运权　是民族企业的榜样
淞沪战争爆发　抢运物资和抗日战士是当务之急
出川抗日战士　要源源不断送到淞沪战场
民生公司的任务要全力以赴为抗战服务
民生精神以战争为主　以国家利益为重　国亡民生亡
南京西迁武汉　卢作孚担负起西迁首都的重任
赤胆忠心不计报酬日夜航运　迎长风破巨浪
武汉相继沦陷　国民政府再一次西迁山城重庆
政府官员部队将士　大量物资都聚集在宜昌
日机空中轰炸　敌军围追堵截　形势异常严峻
卢作孚不顾个人安危　坐镇宜昌运筹帷幄指挥有方
枯水季节即要到来　轮船在江上难以逆水行驶
堆积如山的物资落入敌手会给抗战带来重创
卢作孚提出军运第一和三段运行法的航运策略
民生公司深孚众望　挑起抢运抗战物资的大梁
历经四十天惊涛骇浪　终于抢运了三分之二的抗战物资

赶在枯水季节前完成了宜昌大撤退　功德无量

民生公司成功转运一百五十万人和一百万吨物资

十六艘轮船被炸毁　一百一十七名民生职员血洒长江

冯玉祥将军高度赞扬民生公司是爱国公司

国民政府授予卢作孚一等勋章和胜利勋章

纵观中外战争史　这是唯一依靠民间力量大撤退

再一次验证了伟大中华民族人民的力量

抗日战争不知道有多少爱国民营企业家

为了国家复兴民族解放　流血牺牲何须觅封疆

写有"死"字的出征旗

国难当头　日寇狰狞　匹夫有责　本应服役　奈过年龄

幸吾有子　自觉请缨　赐旗一面　时刻随身　伤时拭泪

死后裹身　勇往直前　勿忘本分

——王者成《勉儿词》

打开中国近百年历史　每当国家到了危难关头

爱国青年学生走上街头　激扬陈词发出怒吼

罢课请愿游行示威散发传单走上街头激昂地演说

有人身陷图圄　酷刑拷打献出了年轻的头颅

从甲午战争失败到抗日战争胜利半个世纪

无数血性学生　先知先觉以血试刀　呼吁人民驱逐倭寇

抗日战争爆发　全国四亿五千万华夏儿女同仇敌忾

从长城保卫战的学生慰问团　到西安街头的一二·九
青年学生热血沸腾　冲出校园义无反顾投入战斗
从延安的学子参战报国　到重庆的投笔从戎把国救
挥长剑跨战马乘长风啸苍穹誓把国土往回收
为己生而不淑 孰为其寿　为国亡而孰夭 死而不朽

四川安县曲山镇有一个青年学生叫王建堂
日寇在中国野蛮屠杀　有志男儿岂能忍辱空白头
他串联了一百名青年学生到县政府请缨杀敌
战火燃遍了整个中国　我们岂能安然躲在读书楼
万国尽征戍 烽火被冈峦 健儿宁斗死 壮士耻为儒
换戎装别爹娘奔赴战场　男儿有泪不轻流
出征前他父亲拄着拐杖送来一面出征旗
颤悠悠的双手给儿子敬上一碗壮行酒
这碗醇醇的老米酒是你母亲特意为你酿做的
望儿忍住征夫泪　母子亲情深似海　故乡情谊似山厚
喝了这碗酒　出巴山跨黄河千里关山迢迢走
喝了这碗酒　离家乡别爹娘勇往直前莫回首
喝了这碗酒　壮胆量赴战场斩将夺关杀敌酋
喝了这碗酒　宁战死勿退后打败东洋壮志酬
王建堂单膝跪地　一手扶刀一手端酒狂饮而尽
面朝大山咬指发誓　死何足矣誓为中华保金瓯
人们展开出征旗　一个鲜红的"死"字赫然醒目
男儿疆场百战死　望吾儿旗裹壮士　碧血染吴钩

梅兰芳留须拒演

最后一次呼吁　　全国团结抗战

——邹韬奋

九一八事变中国文化界唱起悲壮的抗日战歌
九百六十万平方公里的土地上抗日洪流波澜壮阔
有良知的中国知识分子拿起特有的战争武器
用诗歌用歌曲用戏剧用电影唤起万众和日寇拼搏
《风云儿女》《万里长城》《放下你的鞭子》《松花江上》
《义勇军进行曲》《大刀进行曲》《血战卢沟桥》《保卫黄河》
他们创办各种抗日报刊揭露日本的侵华暴行
号召大敌当前　　应以民族利益为重　　主张国共两党合作
面对日伪政权的利诱 面对屠刀　　正义凛然不屈不服
邹韬奋茅盾田汉夏衍胡蝶郑振铎穆旦光未然老舍
梅兰芳九一八事变后迁居上海　　对日寇无比愤恨
编演《生死恨》《抗金兵》以史明心无限爱国
上海沦陷　　日本人邀请梅兰芳登台演出遭到拒绝
日本人欲置他于死地　　特务密布磨刀霍霍
梅兰芳为了躲避特务的暗杀　　日夜兼程逃到香港
排演京剧《梁红玉》抬望眼　　仰天长啸壮怀激烈
香港失陷梅兰芳再次拒绝演出留须明志
显示一代伶王头可断血可流　　爱国壮志不可夺

181

1942 年梅兰芳回到上海　一贫如洗身体憔悴
面对卖国商人的利诱　面对日寇硝镪水的威胁
不屈不挠为国何须惜此头　自有壮士挽天河
忍着清贫忍着疾病的折磨　心里想着前方的抗战将士
低声唱　待从头收拾旧山河　伏案作画闭门谢客
为了生活　梅兰芳在朋友劝说下在上海举办画展
日伪特务闻讯赶来　现场捣乱破坏 肆意作恶
梅兰芳夫妇盛怒之下　用剪刀戳破墙上所有展览的字画
中国文化人坚决俯首甘做中华牛　横眉冷对妖和魔
八年的艰难 八年的抗争 八年的浩然正气
显示了一个京剧艺术大师爱国抗敌的高尚人格

记者陈宗平慷慨殉国

一个普普通通的新华社特约记者——陈宗平
二十二岁的共产党员为抗日的新闻事业贡献出生命
1941 年 3 月　陈宗平装扮成老百姓到敌占区采访
揭露日寇野兽在敌占区犯下的滔天罪行
初春的早晨　北方刮来的山风微微寒冷
薄薄的晨雾笼罩着破碎的大地　显得特别凝重
陈宗平从野草湾出发　快步走在坑坑洼洼的小路上
田地荒芜村舍凋敝　白骨露于野 千里无鸡鸣
日寇发动侵华战争已经整整九年零六个月
大半中国沦敌手　豺狼塞路人断绝 烽火照夜尸纵横

国民党同室操戈　发动了骇人听闻的皖南事变
国人泣日伪笑山河怒草木悲　处处是黑云压城鬼号声
陈宗平下沟坡时和日伪便衣队不幸相遇
两千多名日伪军"扫荡"野草湾来势汹汹
陈宗平急中生智　转过沟湾拔腿就跑给群众报信
特务发现鸣枪威胁　他头也不回两腿好似生风
他一心想着群众的安危　丝毫不顾个人的生死
穷凶极恶的敌人终于打响了罪恶的枪声
陈宗平小腿不幸中弹　扑倒在地血流不止
枪声给群众报了信　鬼子伪军"扫荡"扑了空
狂暴至极的日寇伪军把怒气撒向了陈宗平
严刑拷打企图从他嘴里掏出八路的军情
陈宗平怒目相视　痛斥倭虏侵我中华　罪不可恕
不义之师必自毙　中华民族坚而不摧无往不胜
野兽残忍割下陈宗平的头　挖出他的心和肺
英雄牺牲时高喊着中国必胜日寇必败　镇定从容
噩耗传来　《新华日报》的同志莫不万分悲痛
新闻战线上少了一位无冕之王　铁手英雄

热血赤子　抗日报国

再会吧南洋　你海波绿海云长　你是我们的第二故乡
我们民族的血汗　洒遍了这几百个荒凉的岛上
再会吧南洋　你不见尸横着长白山　血流着黑龙江
这是中华民族的存亡　再会吧南洋　再会吧南洋
我们要去争取一线光明的希望

　　　　　　　　　　　　　——田汉《告别南洋》

南洋华侨机工抗日纪念碑竖立在昆明市西山公园
赤子功勋标志着当年归国华侨对抗日战争的贡献
无数华侨深明大义　变卖家产捐献金钱和财物
无数华侨踏上归国之路组成战地服务团
爱国侨胞青年慷慨激昂唱着《告别南洋》的歌曲
奔赴抗日战场　壮志苦胆欲填海　不灭倭寇不复还

经济支援

抗日战争时期居住在世界的华侨将近一千万
有五百多万参与了为抗战捐献财和物的支援
他们是中华民族组成的一部分　有强烈的爱国之心
抗战中　他们同样用生命和鲜血捍卫了祖国的河山
九一八他们提出勿依赖国联　武力收回失地
捐钱捐物支援十九路军淞沪抗战　东北抗联
侨胞提出反对内战　主张实现国共联合坚决抗日
爱国举动壮大了全国民主救亡运动的声势
从行动到理论宣传推动了抗日民族统一战线
世界各地华侨联合起来　建立各种抗日救国组织
全欧华侨抗联会 南侨总会 旅美华侨救国会
世界各地大大小小华侨救亡团体有四千
陈嘉庚胡文虎叶秋莲戴愧生这些龙的优秀传人
为了抗日救国有人捐献巨资有人变卖家产
他们的口号　抗战一日不胜利　我们就得捐下去
逃避义捐非我族类　捐而不力不算爱国的感人誓言
通过义卖义演献金在海外筹集钱和物
举行各种航空捐常月捐特别捐卖花捐卖物捐
伦敦华工吴耀如把十年的积蓄倾囊捐出
马来西亚伟大的乞丐　拿着四元四角来到捐款地点
抗战期华侨总共认购国家各种公债三十亿

内战爆发无法兑现诺言亦成了无偿捐款
政府用大量海外侨汇购买军火和军用物资
巨额侨汇的垫付　从军事上支持了中国长期抗战
国家危亡许多爱国华侨毅然回国投资办企业
开矿山办银行为国家经济输送血液精神可赞
爱国侨胞在抗战中捐献各种飞机二百一十七架
捐献坦克救护车大卡车运回国内源源不断
军服棉被蚊帐毛毯大米应有尽有雪里送炭
战场上急用的药品　通过日寇重重关卡送到医院
抗日战争侨胞捐钱捐物规模之大数目之巨
显示了中华民族万众一心　热爱自己的华夏家园

人 力 支 援

抗日战争的烽火燃烧在每个华人的胸膛
大半个中国沦陷　中华民族面临生死存亡
成千上万华侨在外不管是富裕还是贫贱
血流的是中国血 心永远是中国心　情牵系着故乡
五千年中华民族史我们有昌盛也有衰退
永不衰败的中国文化支撑着我们民族的脊梁
无数英雄健儿冲破重重封锁　踏上归国之路
矫健的身影冲天的豪情　伴随着怒吼的黄河长江
十万民工用血肉铺成了滇缅公路交通线
不知有多少热血华侨粉身碎骨在所不辞

以血肉填路亦恨亦喜长眠在恶水和野岗
南洋华侨服务团派遣三千名司机和机工
昼夜战斗在险象环生的滇缅公路运输线上
华侨组成各种慰问团到战争的前线和后方
派遣医疗救护队冒着枪林弹雨救死扶伤
战地华侨记者团晨饮露 夜披霜 涉湘水 穿吕梁
痛斥日寇屠吾百姓血盈野 辱我同胞毁家邦
赞扬中国将士纵马沙场思报国 挥臂挽弓射扶桑
文工团到战地为战士演唱《打日本》《大刀进行曲》
鼓舞将士斗志 奋勇杀敌赶走日寇豺狼
许多华侨在国外过着富贵优裕的生活
回国后栉风沐雨 披星戴月 毫无怨言斗志强
有的归国青年主动请缨跨战马持长枪上战场
上马击胡虏 下马草家书 落日照大旗 马啸风自狂
归侨飞行员在对日空战中和敌人殊死拼搏
不少归侨青年为国家英勇献身 热血飞溅慨而慷
中共领导的东江纵队有一千名华侨和港澳同胞
七百多侨胞青年 投奔延安向往着中国的曙光
经过革命的洗礼 认清了中国向何处去的方向
肩负起民族重任 奔赴抗日战场的四面八方
李林——八路军骑兵营女教导员的英武塑像
傲然屹立在樊建川抗战纪念馆的壮士广场
一个印尼华侨富商的女儿 为了中华民族的尊严
别南洋回国门赴延安上战场 保卫中华血洒太行

抗战中的三姐妹

宋氏三姐妹作为一代女性在中国在世界声名显赫
中国半个世纪的政治风云把她们的人生推上巅峰
本来她们都是天真烂漫的少女　有着五彩缤纷的理想
政治婚姻的结合使她们横空出世明星当空
政见分歧十几年姐妹各赴前程　各有自己的信仰
血浓于水　抗日战争的烽火　三姐妹在香港重逢
1940 年三姐妹在香港参加了纪念三八妇女节的会议
号召全世界人民支援中国抗日　引起空前轰动

3 月 28 日她们又出席香港爱国团体的集会
三姐妹团聚是国民党内部团结和国共合作的象征
在香港她们联合发起伤兵之友　一碗饭运动
高度赞扬中国民族工业合作协会和中国同盟
为了反对汪精卫叛国投敌　冒着风险飞往重庆
她们的义举和胆识受到重庆各界人士欢迎
不顾敌人的空袭　三姐妹一起来到儿童保育院
强烈呼吁一切有良知的人救救灾区儿童

三姐妹在重庆各大医院慰问伤员的感人情景
体现了三个伟大女性心中浓浓的慈爱之情
三姐妹联合对美国发表震撼人心的讲话
号召美国政府在反法西斯战争中和中国结伴同行
她们乘汽车赴成都等地视察　多次遇到日军空袭
长途跋涉路途颠簸她们却是乐此不疲谈笑风生
三姐妹在重庆参观孤儿院防空洞工厂军营学校
号召加强团结坚持抗战　惩除汉奸坚信中国必胜
5月9日宋庆龄回香港　三姐妹重庆之行落下帷幕
她们曾相约　宋氏六兄妹春节相聚依依话别情
皖南事变国共两党关系的恶化　宋氏亲情蒙上了阴影
天涯各一方　团聚之梦终未圆　今生来世恨恨声声

宋　霭　龄

大姐宋霭龄从小性格泼辣常在姐妹中发号施令
1904年赴美求学是中国第一个留美女大学生
1908年十五岁的庆龄和小妹美龄来到美国
大姐对两个妹妹的照应如爱护自己的生命
她也曾爱慕敬仰孙中山　为其当过英文秘书
后来嫁给孔祥熙造就了她的夫贵妻荣
她在孔家至尊无上　人们把她称为河东狮吼
蒋介石也怕她几分　蒋宋孔三家关系往往是她调停
这位富可敌国的女性　在抗战中表现大方　出钱出力

出任伤兵之友协会主席　　更是关爱灾区儿童
抗战初期为了弥补上海各医院的供给不足
私人捐献了三辆救护车　　三十七辆军用卡车以备急用
她毫不吝啬给中国的飞行队捐车捐油捐皮衣
行事果断表现不凡赢得各界赞扬和尊重
宋霭龄在重庆视察医院时和伤员一一握手
院长对药品器械的请求帮助　　她几乎是件件答应
她的名字和事迹没有二妹三妹响亮而炫目
她对抗日战争的杰出贡献历史上不能否定

宋 庆 龄

倭奴侵略　野心未死　　既踞我东北三省
复占我申江之地　叹我大好江山　　今非昔比
焚毁我多少城市　惨杀我多少同胞　强奸我多少妇女
耻　　你等是血性军人　　怎么能咽得下这口气
　　　　　　　——何香凝（随宋庆龄慰问上海抗战战士之词）

近百年中国人民尊称你为国母　　你的竹兰品质国人高赞
你崇拜英雄　投身三民主义　　紧紧跟随孙中山
你跨越年龄差异鸿沟的羁绊　传统思想的阻拦
和亲情几乎决裂　　坚定不移与孙中山结为良缘
紧随丈夫南下护法　　一心为革命前途着想
一个年轻伟大的女性　　显得临难应变似松柏　耐岁寒

孙中山为了中国革命　鞠躬尽瘁国事未竟身先死
十年夫妻加战友　怎得人生天下月　虽暂缺有时圆
蒋介石 1927 年叛变革命向共产党举起屠刀
宋庆龄痛斥国民党右派　发表揭露蒋介石的讲演
宋庆龄在十年内战中以特殊的身份和地位
营救了大批共产党员 进步人士和知识分子
表现了一国之母　坚持真理不怕邪恶有识有胆
九一八事变痛斥日本侵华罪行和蒋介石的不抵抗行径
坚决支持停止内战一致抗日的《共产党宣言》
淞沪战争中与何香凝女士领着妇女战地慰问团
慰问抗日战士　肝胆相照共担道义保卫我河山
七七事变国共两党携手合作抛弃前嫌共御外侮
蒋介石发表宣言誓死捍卫中华之锦绣河山
宋庆龄充分肯定　到处奔走呼救全民团结抗日
充分显示了中国一代伟大女性的高尚风范
她亲自组织妇救会为抗日将士捐衣捐物
在香港创建了保卫中国同盟　支援敌后抗战
为了支持蒋介石抗战信念　反对汪精卫投日卖国
毅然飞往重庆　谴责日本空袭给人民带来的灾难
一个多月不辞劳苦亲赴灾区　演说视察慰问
伟大的和平天使在山城掀起抗日的狂澜
蒋介石背信弃义制造皖南事变　宋庆龄怒不可遏
国难当头兄弟岂能阅墙　要以国家以民族利益为天
宋庆龄为了中华民族的解放贡献出毕生的精力

中国人民赞颂她是一个真正的圣母和女神

宋庆龄你的一生是一首美丽动人的诗篇

宋 美 龄

1927年国共两党分道扬镳　中国大地处处是

豆萁相煎同室操戈 血雨腥风 地暗天昏

宋美龄这一年嫁给蒋介石　当了中国第一夫人

也可能是蒋介石死死追求　总统从中牵线

也可能是从小立下誓言　非英雄不嫁

蒋介石手中的权力打动了一个高贵女人的心

蒋介石十年内战导致国不是国民不是民

夫唱妻随　国人对三妹是非功过众说纷纭

张汉卿对蒋介石直谏 哭谏 被迫发动了西安事变

西安和南京剑拔弩张　风云骤变 天空布满战云

讨伐张杨 戏中有戏 南京企图派飞机轰炸西安

宋美龄阻止南京讨伐令　痛斥亲日派何应钦

在共产党的努力下　蒋介石答应停止内战一致抗日

宋美龄初次显示了政治才能　见识高远 卓然超群

她冒着炮火亲赴上海前线犒劳杀敌将士

遇车祸置生死不顾　慷慨演说鼓士气肋骨断了三根

宋美龄直率地说　我虽没有保育儿童的经验

但作为一个女人尽职尽责发动爱心筹措经费是本分

不尚空谈 唯有苦干　为工合为孩子满腔热忱

在庐山　她领导制定了妇女指导委员会的纲领
亲任指导长　培训提高妇女运动会骨干的标准
抗战最困难时　她主动担负起国际播音员职务
中国玫瑰愤怒呐喊　揭露日本对中国的残暴入侵
她严厉谴责美国政府纵容日本对华之侵略
对中国正义自卫战　却是漠然视之置若罔闻
抗战初期　美国民众为救助中国难民做出无私贡献
宋美龄几度奔走几度游说　红颜几度泪洒尘
她行程八万公里　历时七个月出访美国加拿大
她富有磁性演讲 慷慨激昂 落落大方 不失分寸
国际亲善大使在北美掀起强劲的宋美龄旋风
外交夫人帮助蒋介石完成了到北美化缘的重任
陈纳德领导的飞虎队在抗战中威扬四海功不可没
空军之母在驼峰航线的史册上也有一份功勋
宋美龄巧妙周旋调解蒋介石和史迪威的矛盾
随夫私访印度　说和英印团结共同对付日本
民族危难她以国家安危为重任不辞劳苦工作
关怀军人慰劳伤员组织疏散抢救难童万里筹金
宋美龄在中华民族抗战史上做出了卓越的贡献
功是功过是过　海峡两岸我们都有一颗中国人的心

193

日军侵华之罪行

南京大屠杀

消逝的是历史流淌的鲜血
永恒的是鲜血流淌的历史

————一个中学生的话

南京　市廛繁华人文荟萃 石城虎踞钟山龙蟠
南京　六朝古都历史悠久 风烟滚滚两千余年
南京　秦淮河的风情乌衣巷的飞燕朱霞片片
南京　大江东去诉说着朝代的兴衰更迭风云变幻
问君能有几多愁　恰似一江春水向东流
昨日愁已去 今朝无限仇 无限仇恨洒江天

一个血色的日子　1937 年 12 月 13 日　南京
蒙上无法洗掉的耻辱和仇恨　这耻辱这仇恨永远永远
南京沦陷　日军的太阳旗辐射出无数道血光
在南京的上空交织成无数个血淋淋的杀人刀环
松井石根下达了"扫荡"的屠杀令屠杀屠杀再屠杀

整个日军变成庞大的杀人机器　齿轮不停地轮转

绞死俘军　绞死平民　绞死老人　绞死婴儿

大街小巷都是屠人场　梦幻般的金陵血成河尸如山

水月皓白澄江如练的燕子矶刀光剑影硝烟弥漫

江边码头拥满了溃退下来的散兵难民啼饥号寒

日本兵团围住五万人群凶相毕露大开杀戒

江水变成血色　几万具尸体堆满杨子江畔

给尸体浇上汽油燃起熊熊烈火毁尸灭证

五万多冤魂在血火中亦恨亦仇　仇怨冲九天

草鞋峡处理埋葬了难以数计的累累焦骨

沾着肉灰的头骨至今瞪着难以暝目的双眼

五万七千中国同胞在这儿被枪杀被活埋被焚尸

骨骼上至今残留着死亡时被捆绑的铁丝　血锈斑斑

一万多中国军士俘虏从江东门排到江东河岸

日酋一声令下　几十挺轻重机枪吐出罪恶的火链

不论是死人活人　抛下河里当作沙袋填河截流

坦克　军车　兽兵　洋马驶过人桥　千古罕见

日军无视国际安全法　闯进安全区带走两万多青年

在下关煤炭港口用机枪用炸弹一个不留统统杀完

紫金山活埋难民三千名　玄武湖亦在哭泣亦在颤

野兽日军不放过一个人　三岁幼儿也难幸免

雨花台多少忠臣良将血洒梅冈英魂飘荡

望着两万八千华夏后裔惨遭杀戮空悲切

恨不能祭长剑斩酋首　食酋肉喝酋血壮士凭栏

我想起樊建川抗战博物馆摆放的日本军刀
刀柄上隐现着象征和平博爱秀美的菊花瓣
被卷的刀刃似乎还沾着中国人的血迹
日寇残暴无比人性沦丧　凝聚在疯狂的刀尖
日军向井和野田用菊花刀展开一场杀人比赛
一百零五对一百零六创造了现代人类史上从未有过的野蛮
第二天两个杀人“英雄”　展开了第二轮杀人比赛
东京《日日新闻》刊登着两个杀人“英雄”的照片
军中田吉挥着菊花刀杀死三百多个中国人
他的“英雄伟绩”在日本本土新闻上大肆宣传
割下十八个农民的头颅　用来祭奠日军两匹战马
被砍掉的人头嘴里边还插着一根日军香烟
夏淑琴九口之家仅仅活下两人　惨不忍睹
哈国梁一家五口全部被砍头杀害　头悬高杆
一位中国母亲被日军刺了三刀　胸前血流如注
她忍着巨大疼痛把两岁小儿子抱在胸前
用力扯开衣襟　死前也要为孩子喂上一口奶
第二天早晨　孩子和母亲都死在一个倒塌的小院
孩子的小嘴噙着母亲的奶头紧紧不放
血水泪水奶水凝固在一起拷问着茫茫苍天
野狗啃食着一群被杀害孩子的腐烂尸体
一个活着的孩子坐在尸群中　撕心裂肺地哭喊
两个日军士兵同时把两个婴儿抛向空中
以高低赌输赢　野兽拍手狂笑让人毛骨悚然

一个日军武士用刺刀划破一个孕妇的肚皮

为了显示技能刺刀挑着胎儿在空中狠劲搅旋

几个日军新兵试斩后　用手帕擦着屠刀上的血迹

一群魔鬼在横七竖八的尸骨旁　照相留念

一个七十多岁的老人被活活钉死在金陵的城墙上

弹痕累累的城墙上旧血未干新血又溅

日军在一排木桩上用铁丝捆绑着十几个难民

用活人练拼杀 放狼狗撕尸体　即使倾东海之水

以山为墨　日寇在南京所犯的罪行也倾诉不完

六个星期大屠杀南京城变成了人间炼狱

血染的太阳旗　用最野蛮的手段　杀死中国军民三十万

南京大强奸

腐肉白骨满疆场　万死孤城不肯降

寄语路人休掩鼻　活人不及死人香

——《南京大屠杀》

日军是野兽　用野兽比喻日军也难诉其罪端

日军在南京犯下第二大罪状　是对南京妇女的强奸

谷寿夫攻进南京第二道军令　以强奸妇女壮军志

十几万头疯狂猛兽　砸门入室寻取猎物如狼似犬

上至八十岁老妪　下至六七岁女童统统不放过

泄欲场所不管是大街码头还是学校寺院

一个七岁的女童被五个鬼子轮奸致死

七十六岁的老妇人苦苦哀求自己已到风烛残年

丧失人性的鬼子兵剥光其衣抽肿其体　让人不齿言谈

几把刺刀一齐戳下　搅出老人的肠肝心肺

狼狗似乎也嫌老　摇摇狗头望着主子亦感骇然

一个乡下逃难女孩被二十几个鬼子轮奸致死

一对母女被拉进日军军营供野兽日夜泄欲轮奸

避难所的妇女每天晚上一车车拉去被奸淫

拉走的妇女几乎没有一个活着生还

日军的兽行魔爪又伸向医院的医生护士

白衣天使遭受疯狂的虐待　非死即残

不到二十岁的姊妹三人　被日军集体轮奸拦腰斩断

汽油焚尸　日军已变成世界第一个兽类兵团

奸淫良家妇女还要在光天化日下裸体拍照

有的禽兽丧尽廉耻坐在旁边洋洋自得喜笑开颜

谷寿夫亲自挥着屠刀给下属做着杀人的示范

你是天皇的英雄 还是屠杀中国人的首犯

日本军队所到之处抢夺良家妇女充当慰安妇

战场上失败　肉体上发泄　心理校正奇论怪谈

在军部的鼓励下　日本兽兵三人一群五人一伙

见女即捉捉住即奸奸后即杀杀后即焚

这群野兽在南京六个星期强奸妇女两万人

日军的兽行是人类历史上对妇女最野蛮的摧残

南京大放火

魔鬼来到人间把所有灾难都会带给善良的人
松井石根挥动兽棒　下令在南京城大肆放火
这是天皇给日军的任务　要残忍要凶狠不能怜悯
用近代战争史上从来没有过的强暴手段征服中国
让"小中国"跪在"大日本"的脚下　永远纳银称臣
兽酋兽兵从每根兽毛的兽孔里　奔放出种种兽欲
举着兽火不管是千年古楼还是茅草平房统统烧尽
从城南中华门到城北下关江边　遍地大火烈焰腾空
野兽拿着兽刀举着兽火　谁要扑灭兽火　格杀勿论
夫子庙的大成殿在兽军的兽火中付之一炬
秦淮河的金粉楼台随着兽火变成乌黑烟云
中山码头首都码头三北码头招商码头变成焦土
奇芳阁 六凤居 得月楼　几百年的老字号荡然无存
繁华的商业店铺在日军的空袭中已经千疮百孔
连月的兽火南京城几乎全变成了烟尘
兽火中有多少老人儿童在惨叫 在呼救
野兽们举着兽枪横扫冲出烈火的人们

199

南京大抢掠

魔鬼的本性凶残暴虐贪婪集于残暴的日军一身
繁华的金陵城变成魔鬼与野兽出没的鬼坟

兽军成群结队劈门砸锁　挨家挨户翻箱倒柜
不管富户不管寒舍不管中国人还是外国侨民
金银财宝衣服被褥见物就拿见钱就抢
谁要阻拦不是刀戮就是枪射惨绝人伦
抢走国家大量的珍贵图书文献八十八万册
文物书画难以计数　比强盗土匪还要贪婪的兽军
抢来的珍贵文物　装上卡车源源不断运到下关
装上火车装上轮船跨洋过海运往日本
兽军狂叫　要置中国于死地　儿童妇女都不放过
整个南京城男女老幼全部杀完烧完抢完
中国的一山一水一草一木都是日本的敌人
一个多月的烧杀奸掠　日军制造出震惊世界的惨案
南京城变成人间地狱　松井石根谷寿夫似乎还不解恨
不知道松井石根和他的兽军血管里流着人血还是兽血
不知道松井石根谷寿夫长着狼心还是虎心
当你看到三十万尸体被焚烧　曝尸骨于旷野
你是否想到日本国土上生活的小孩和老人
当你放纵你的兽军奸死了几万名老妪和女童
你是否想到你家里也有天真的女儿 白发苍苍的老母亲
当你在踏进南京城的仪式上　扶刀挥手趾高气扬
你是否想到血满长江尸堵金陵的三十万哀号冤魂
这就是你们鼓吹的"大东亚圣战"的自存自卫
这就是你们"人道主义"太阳血旗下的野兽日军

重庆大轰炸

任你龟儿子凶　任你龟儿子炸

格老子我就是不怕

任你龟儿子炸　任你龟儿子恶

格老子豁上命出脱

——重庆民歌

重庆　益州险塞沃野千里历史悠久天府之国

重庆 两江相汇 巴山夜雨 竹海桂林 崇山峻岭

金碧山雄踞着一个灵秀坚忍的小山城

抗战时她是中国的陪都　风云骤起卧虎藏龙

抗战中她经历了太多的灾难　悲伤和死亡

她在血火中不屈不挠巍然屹立浩气三千重

淞沪会战中国失利　武汉保卫战国军大撤退

蒋介石将国民政府的首都迁移到四川重庆

从此抗战全局的重大决策　都在这山城里应运而生

重庆的独特地形阻止了日本陆军的进攻

重庆大轰炸是南京大屠杀后又一兽军暴行

渝城的历史　至今铭记着 1939 年 5 月 3 日这一天

三十六架日本飞机从汉口起飞　盘旋在重庆上空

扔下九十八枚炸弹六十九枚燃烧弹　山城变成了火海

魔鹰凶相毕露扳动投弹杆　显示出狰狞的面孔

一万多间平民住房在空袭中变成废墟瓦砾

八千人伤亡二十万市民无所归宿　流落街头损失惨重
魔鬼向重庆空投了无数鼠疫霍乱细菌炸弹
陪都山城楼倒房塌疾病流行尸骨满街血染嘉陵
隧道惨案是日本人在重庆犯下的又一笔血债
不分昼夜地连续轰炸夺去上万人的生命
魔鹰高密度轰炸　疲劳轰炸　月光轰炸　无限度轰炸
用空袭征服中国人是魔鬼新式作战的纲领
连续五年半空袭轰炸　并没有吓倒重庆人
年复一年的恐怖战略　重庆人变得镇定从容
工厂照常生产　学生照常上课　市民有秩序疏散撤退
在硝烟弥漫的废墟上　互相帮助互相谅解其情融融
重庆军民空前大团结鼓舞了全国人民的抗日斗志
坚毅镇定　屹立不挠　誓歼倭寇　众志成城

四一二大"扫荡"

之一·血洗千口村

村南几百名群众被日军赶进一个大场院
男人和女人一个一个被撂起躺在地上
残忍的鬼子兵在人身上踏来踏去屙屎撒尿
魔鬼举着屠刀　一刀一个身首异处莫不惨伤
几百个男女群众被鬼子围在村北草坪垴
淫棍鬼子兵用刺刀挑下所有人的衣裳

谁要不从　鬼子用钉着钉子的木棒狠狠毒打
血和泪恨和辱仇和耻熊熊怒火燃烧胸膛
愤怒的群众和鬼子争夺鞭子争夺棍棒
鬼子恼羞成怒打响机枪无辜百姓全被杀光
小鬼子骑着马在尸体上狂奔乱踏　疯子似地号叫
人类再也没有如此禽兽如此暴行　凶恶无比难以想象

之二·土镇 桑树 成布三村惨案

鬼子杀死三百多名青壮年还有四百名老人妇女和小孩
用铁丝用绳子把老人和小孩全部捆起来
一个个扔到水井里　六眼水井被填满
盖上石板压上石磙再用炸弹把石磙炸开
往井里灌上粪尿和开水　用黄土封死井口
百姓凄惨的呼叫　魔鬼刺耳的狂笑　天地落泪洒尘埃
站着的青年妇女被禽兽剥光衣服百般侮辱
若有不从刀劈枪杀　往尸体浇上汽油变成火海

之三·开水锅里的孩子

妈妈被凶残的鬼子轮奸致死 尸体喂了狼狗
两个姐姐遭到同样厄运惨死在恶魔之手
爸爸怒不可遏拿着菜刀把一个鬼子砍死
七把刺刀同时刺进爸爸的胸膛　又砍下不屈的头

鬼子们兽气难消望着躺在地上哭叫的孩子
提着孩子的小腿顺手扔进开水锅扬长而走
孩子的小手拨动着　呻吟着　慢慢恢复了平静
炉膛里的柴火已经熄灭　似乎也把眼泪流

半 夜 火 灾

一个偏僻的小山村　住着五六十户人家
山高水险小山村从来没有遭到日军的骚扰恐吓
一个冬天的夜晚　北风呼呼　天空飘着鹅毛大雪
人们沉睡在梦里　大树上栖着没有醒的乌鸦
一场灭顶灾难随着一股寒流　即刻笼罩了荒野山村
一队鬼子兵追歼受伤游击队员　走进这个山洼
看到大雪覆盖的村庄　夜梦中沉睡的百姓
恶念顿生　要把人血往这银白的山庄抛洒
鬼子们锁上所有门扣　举着一束束火把
小山村顷刻变成火海　映红四周的峻岭山崖
善良的人们在梦中还没有醒来就被烈火吞没
冲出门的人全部被鬼子不是刀劈就是枪杀
不到天明二百多人的小山村变成了废墟
鬼子放浪的狂笑　雪地里的太阳旗　山路上的洋马
东北风发出愤怒的吼声　四面山冈也在颤抖
风更狂 雪更大 带血的北风 夹着带血的雪花

亡 国 奴

广西有一个国民党士兵名字叫杨清福

保卫柳州战斗中　中国兵败他做了战俘

日本兵把这一批战俘押到东海一个无名岛上

在刺刀监视下做劳工当牛作马猪狗不如

为了防止劳工逃跑　在每个人脸上刻了一个肉记

"亡国奴"三个字从此打印在这批战俘的面部

环境恶劣繁重劳役肉体折磨我们还能忍受

亡国奴无法比喻的耻辱我们难以背负

正因为我们是亡国奴　日本人半个世纪

在中国可以肆意侵占我们的家园土地

正因为我们是亡国奴　日本人半个世纪

在中国可以肆意杀我们的兄弟姐妹父母

正因为我们是亡国奴　日本人半个世纪

在中国可以肆意奸淫我们的妇女同胞

正因为我们是亡国奴　日本人半个世纪

在中国可以肆意抢掠我们的财产 烧毁我们的房屋

正因为我们是亡国奴　见了日本太阳旗要鞠躬敬礼

正因为我们是亡国奴　中国人是羔羊日本人是狼虎

1950 年杨清福历尽艰难几经辗转回到家乡

亡国奴三个字让他不敢正视社会　在深山老林蛰居

广西医学院专家为他取下难忘的耻辱标记

亡国奴三个字的标记永远是一本爱国教科书
亡国奴惨案是日本对中国人民人格的侮辱 国格的践踏
亡国奴三个字永远鞭笞着中国人的心灵　不要忘记过去

吃人脑的曹长

一个高大健壮的青年男子被捆在柿子树上
日本军的曹长条川歪着头眯着眼睛细细打量
好大的脑袋　那里边东西一定会多多的有
咂吧兽嘴咽着兽液　兽眼神里透出野兽吃人的欲望
青年男子知道自己将要被杀害　并不害怕
仰起首挺着胸高喊着　野兽们快点动手吧
中国抗战一定会胜利　日本帝国主义一定会灭亡
条川似乎对杀人前这些话听多了　不怒也不慌
仍然审视着青年人的头颅心里自有主张
条川拿着一个精致的小钢锤走到青年人身旁
熟练敲打着青年人的头颅每一个地方
条川突然朝头猛击　青年的头颅被击成两半
条川拿着一个钢盒在头颅里掏着脑浆
条川贪婪吸吮着手指沾着的脑浆　满意地笑了
吩咐手下继续寻找下个目标　要和这青年同样健壮
条川望着东方天皇　啊　保佑我的武运长久
被杀害的青年　头部血肉模糊　西风呜咽凋望残阳

四口人的亲情

一个阴沉的下午　日寇进村"扫荡"　全村人已经跑光
妻子带着两个孩子守在受伤丈夫的身旁
一群鬼子闯进草屋搜查八路军藏的枪支和粮食
十几次严刑逼问　丈夫和妻子不吭也不响
鬼子暴跳如雷把丈夫狠狠刺翻在地
妻子发疯般趴在丈夫身上　两眼喷出愤怒之光
一个日本鬼子抓住妻子的头发狠劲往外拉
妻子两只带血的手抱着丈夫紧紧不放
几个日本鬼子丧失人性　抬着妻子扔到院子
坚强的妻子爬进屋　揉着丈夫腿上的伤
两个孩子大声哭喊跑到爸爸妈妈的身前
四只手护着爸爸妈妈　筑起一道保护亲情的墙
鬼子看到一家四口临危不惧互相关照的人间大爱
野兽的毒血在沸腾　暴躁的兽性在发狂
日寇像一群疯狂的妖魔　挥起带血的屠刀
四颗头颅同时落下　四股热血一齐冲出胸膛
两个孩子的尸体倒在爸爸和妈妈的尸体上
死后也要护卫爸爸妈妈　算清日寇这笔血泪账

野　兽

一个鬼子兵闯进水池边一间四面漏风的茅草房
房子里刚才被另一群鬼子翻了个遍　东西撒了满地
四处搜寻没有一个人　尤其是没有一个女人
鬼子翻来翻去找不到一件值钱的东西
刚要抬脚出门　突然听到孩子的哭叫声
披头散发的女人抱着孩子在屋后地窖里躲避
野兽的眼睛射出两股绿光　立即跳到地窖
女人苦苦哀求　刚才已被三个鬼子侮辱过好几次
野兽兽欲充满全身　猛地夺过孩子扔到地上
像恶狼捕取猎物　女人发出无法忍受的哭泣
野兽发泄完兽欲　看到地上号叫的孩子
提起孩子的腿走出门毫不犹豫扔到水池里
女人裸着身体　不顾一切跳进齐胸的冰水中
用尽全身力气把孩子从水中高高举起
野兽看到母亲救儿子的一幕　兽性再次爆发
掏出枪　一颗罪恶的子弹向女人的胸膛射去
鲜血染红了池水　染红了水池岸边的芦草
孩子凄厉地哭叫声　慢慢地在冰冷的水池中消失

勿忘九一八

十一口人全部被杀

大年三十晚上日军"扫荡队"突然闯进村庄
见房就烧见人就杀见财就抢　实行"三光"
王老汉全家十一口人团聚在一起准备过年
日寇突然袭击　全家人被赶到门外的打麦场上
鬼子用刺刀逼着二儿子哑巴说出藏粮食的地方
哑巴不说话　鬼子用刺刀戳进嘴里　哑巴倒地身亡
大儿子满腔怒火扑上去要和野兽搏斗
被几个鬼子压在地割下头扔到麦草垛旁
野兽用铁丝把愤怒的王老汉夫妇捆在大树上
两个儿媳和三个孙女的衣服全部被扒光
大孙女才十六岁　小孙女只有八岁　受此奇耻大辱
日军兽兵的"崇高信仰"就是效忠日本裕仁天皇
野兽在王老汉夫妇的身边架起干柴燃起大火
强迫五个裸身女人围着柴火　又是跳又是唱
火光映照着禽兽扭曲的兽脸和血红的兽眼
在火光旁轮奸了五个女人丧尽人间天良
十岁小孙子愤怒拿起一块石头砸向野兽
疯狂的野兽反手拿起石头砸出孩子的脑浆
野兽还不解恨顺手提起一岁的孙女扔出一丈多远
五个女人被轮奸后全部用刺刀划开肚皮拉出肝肠
野兽小酋长看着手下的暴行　发出阵阵冷笑

又用菊花刀破开悲痛欲绝的老汉老婆的胸膛
十一个不能瞑目的亡灵随着腾空烈火在吼叫
天哪　世间竟然允许此种野兽行凶发狂

犬　食

寒冷的北风卷着黄沙　黑云密布天昏地暗
荒废的土围子里一群日本兵带着四条军犬
周围站满日本侨民　还有几个日本慰安妇
他们为了凑热闹　到这儿看狼狗杀人的表演
随着一声令下　这伙人的眼睛投向土围子的进口
凶神恶煞的日本兵押着三个被捆绑的青年
蓬乱的头发破烂的衣服消瘦的身躯带血的脸庞
刚强的意志坚毅的步伐不屈的神态愤怒的双眼
青年壮士仰起头　环扫周围这群天皇的男女子民
苍天啊　你因何纵容日寇践踏我们中华美好的河山
沉重脚镣声有节奏地响着　震撼周围的荒野
壮士气压山河的英雄气概　让日寇胆战心寒
日酋山下气急败坏挥起指挥刀　一个青年壮士被拉出
四条狼狗张开血盆大口嗷嗷狂叫扑向前
震天的怒吼 正义的痛斥 不屈不挠拼死搏斗
骇人号叫 疯狂撕食 触目惊心 血肉飞溅
日本侨民慰安妇好像在看兽食人的影片
有人狂笑 有人惊叹 有人说着听不懂的日语

有人扭动着腰肢有人挥动着毛茸茸的双拳
日本慰安妇看着血肉横飞的场景眉飞色舞
嘴里连连喊着这才是大日本训练的英勇狼犬
另外两个青年同样受到凶恶狼狗屠杀的遭遇
三个抗日青年含着对日寇的深仇大恨　离开人间
日寇擦着刺刀上的血　牵着狼犬犹如在战场上凯旋
几个日本慰安妇热情走上前抱着狼狗以吻示赞
不知道西欧法西斯战场上是否有此杀人先例
狂风卷着黄沙 卷着破衣絮 卷着人的血肉片

伸出地面的头与手

黄河南岸有个小山村　一片破败冷落荒凉
日寇轰炸赵口大堤　几百万人颠沛流离家破人亡
水灾过后　日军汉奸逐个村落清剿屠杀
一百多口人被赶往村外积满臭水的池塘
用刺刀逼着又饥又饿的群众全部跳到水塘里
有男人有女人有青年有小孩有老大爷和老大娘
哭叫声怒骂声连成一片　泣天哭地北风狂
日寇伪军拿起铁锨　用黄土把活人全部埋葬
强盗特意露出一个父亲和一个母亲的头
一个小孩的双手向父母的头在招手相望
两个持刀恶魔　残忍砍下两颗瞪着眼睛的头颅
两股热血冲向天空　两颗人头滚到一双小手旁

小手愤怒地向天地倾诉兽军惨无人道的暴行
日本军你如此残暴疯狂　黄河卷起铺天盖地的巨浪

北疃村毒杀惨案

北疃村在河北省定县城东南三十公里　北靠沙河
这里谱写出一曲又一曲响彻云霄的抗日战歌
联村地道战变成埋葬日本鬼子的坟墓
冀中平原四处燃起抗日战争的熊熊烈火
日军旅团长领着三千多名日伪军气势汹汹
围住北疃村"扫荡"根据地　杀气腾腾好像一群狂魔
汉奸领着敌伪军　封死所有地道的进出口
往地道施放各种毒气　日军胜似猛兽毒蛇
地道里有八九百避难平民百姓　尽是老少残弱
强烈毒气把洞里的百姓熏得奄奄一息半死不活
许多人在痛苦中挣扎　许多人被毒气侵袭窒息而死
有人钻地而亡 有人顶壁而死 有人七窍流血
其况人间未有 其景惨不忍睹 其情不忍诉说
两个小男孩枕在父亲的膝上　三个人含恨殒命
父亲临死前说　盼你娘活着躲过这场大祸
两个女儿靠在母亲两边　紧紧挽着母亲的手臂
微张的嘴好像诉说日本兽军犯下的罪恶
一个老大爷背上驮着孙子　艰难往洞口爬去
带血的双手　沾满泥和泪的老脸　至死还在往前挪

有人挣扎着爬出洞口　立即被日伪军乱刀刺死
尸体被扔进火海　野兽企图销赃毁证推卸罪责
北疃村八百名无辜同胞　死在日寇的毒气枪刀下
我们决不能怜悯强盗　善良决不能宽恕恶魔

大同的抢书坑儒

历史上无数侵略者侵占异国国土烧杀抢掠
对文化扼杀掠夺破坏　其罪行胜过任何罪过
日本在中国沦陷区推行一系列奴化教育
狼子野心是让中华民族文化断根　永远亡国
大同是中国北方一个有几千年文明历史的文化重镇
几个兄弟民族的文化民俗　相互促进紧紧融合
日军在大同抢走偷走了无数珍贵文物 文化典籍
千年庙宇文化遗址塞外历史文献　尽毁于日军战火
1941 年冬天　塞北的天空雪花飞舞　气候异常寒冷
日本宪兵团以招待名义请来知识分子三百九十七个
日寇们假惺惺地说　为了发展"大东亚共同繁荣"
你们要在天皇面前发誓　效忠大日本帝国
从现在起每天早晨要给太阳旗敬礼　唱日本国歌
课堂上不准讲中国历史　老师要用日语讲课
几百个知识分子没有一个人在天皇面前发誓
怒目试问　苍天为什么派遣了这一群魑魅妖魔
中国人的血管里流着五千年华夏民族的血

小小倭寇国　竟然妄想把堂堂的大中国消灭
日本宪兵团没有达到目的　凶相毕露　挥起屠刀
用十几辆卡车把几百个人拉到市外的野鸡窝
面对敌人早已挖好的几十个土坑怒火万丈
忧国英雄泪　平寇壮士心　长城战马嘶　碧空血滂沱
几百个教育界精英　顷刻间被日本鬼子全部屠杀
活埋　人间最野蛮的兽行　让天地亦为之失色

偷袭珍珠港

穷兵黩武已经把战争狂人的好战本性推到巅峰
中国人流的鲜血汇成河　载着日本战舰肆意航行
中国人的鲜血灌肥小岛上一个狂暴的东洋战争狂人
中国人的鲜血充红东洋战争狂人的双眼　充满了狂人的头颅
战争狂人　疯狂胆大好赌好战的山本五十六
向美国开战　偷袭珍珠港　坚信日本人一定能打赢
日本天皇竟然把国家民族的命运交给一个
失去理智 狂暴凶狠 野心勃勃 自不量力的赌徒
时间定在美国夏威夷时间　1941 年 12 月 7 日清晨
珍珠港海面上海水映照着彩霞　显得异常宁静
太平洋舰队的美国官兵还沉睡在周末的美梦中
强大的国力　错误估计了日本侵略者的本性
日本六艘航空母舰悄悄行驶到珍珠岛海面
虎 虎 虎 信号弹腾空升起　日本几百架战斗机
从航空母舰起飞像一群魔鹰飞向珍珠港上空
霎时间重型炸弹如雨　晴天霹雳从天而降
几分钟日本彻底端掉美国瓦胡岛的军事防空系统

美国的空军阵地到处硝烟弥漫变成火海

几百架飞机顿时变成冒烟的残骸机场满目疮痍遍地弹坑

日军不到两个小时彻底摧毁了美国的太平洋舰队

美国政府骄傲麻痹　留下无法洗掉的耻辱　深刻惨痛

斯大林蒋介石看到日本偷袭珍珠港的电文

心里松了一口气　这场反法西斯战争一定能打赢

日本暂时的胜利　将美国拉进第二次世界大战的行列

美国国民群情激愤　上下团结和中国并肩战斗 结盟同行

不朽的驼峰航线

一条由白骨和铝片铺的一千五百公里长的驼峰航线
在反法西斯战争中为盟军做过特殊贡献
日本侵占缅甸　截断了中国西南运输大动脉
德国对苏宣战　苏日条约签订　中国面临重重困难
为了支援中国战场军用物资源源不断输入中国
中美空军坚韧不拔　开拓新的航线　历尽千险万难
航线西起印度的阿萨姆邦　东到中国的云南四川
跨过奔腾的河流　飞越起伏连绵的喜马拉雅山
长达三年的飞行总共运送战略物资八十五万吨
八万四千人参加驼峰航线人员物资的运转
中国航空公司以薄弱的航空力量　飞行八千架航次
美国投入两千一百架飞机双方投入三万多名战斗员
五百架飞机在执行任务中坠毁失事　铝片白骨伴随江水而去
三千名飞行员壮烈牺牲　血沃高原尸骨抛峰峦
驼峰航线是世界空运史上一次最悲壮的空运
飞行时间最长　条件最艰苦　付出代价最大的航空运输战
喜马拉雅山的雪峰上至今残留着当年失事飞机的残骸

向历史揭示了当年反法西斯战争的残酷与艰难
澜沧江的江水至今冲洗着壮士白骨的羞辱与仇恨
绵绵千里的雪山　永远把抗日英雄深深怀念
驼峰航线的山山水水　永远铭记着美国空军的无私援助
飞虎队员的名字永远在中国反侵略战争史上流传
战争不但要有强大的陆军　也要有先进的海军空军
一百多年中国的过去　中国拼搏的今天
奋斗吧 腾飞吧　我们更期待着中国繁荣昌盛的明天

美国对日宣战

广岛上空的蘑菇云之一

日本在中国战场上连连失利 一败涂地
太平洋战场日军又受到美国几次毁灭性的摧毁
原本是中国的冲绳岛 成了日本本土最后一道防线
美军破门之战在硫磺岛显示出强大的神威
日酋栗林下令烧毁军旗 两万日军为死亡而战
向天皇诀别 痛感皇恩浩荡 粉身碎骨在所不悔
地道里的妇女和儿童为天皇自缢而死
她们的军人丈夫和父亲 为"皇道"剖腹自杀不落眼泪
火攻东京 为罪恶神国带去火的惩罚的是火鸟李梅
李梅在短短的几个月派遣飞机三万三千架次
十六万吨的炸弹燃烧弹 把东京等城市几乎化成焦灰
燃烧弹爆炸后射出一根根两米长的燃烧棒
粘胶似的火种向四处冲去 像天空降下燃烧的块煤
大火造成的灼热气浪 和冷空气形成了强劲飓风
火借风势风助火燃 金属也被熔化 高楼亦被烧毁

绝望的日本人望着冲天大火　发出恐怖的惨叫
纷纷跳入池塘和河流　以水克火希望脱危
炽烈大火形成的高温　已把池塘里的水煮沸
好多人被沸腾的水活活煮死　变成焦头赤鬼
日本人看到他们一生最熟悉的地方东京将要消失
河水也被蒸发干枯　情景令人惊恐到无法描写的惨悲
鲍尔准将向李梅汇报　东京已被我从地图上抹掉
日本人在火海中枉自挣扎　处处是烧焦的人肉味
让罪恶的神国和它罪恶的子民见鬼去吧
想想你们作恶多端的父兄　世界罕见的兽团军队
美军对日本人的空袭造成了日本经济的几近崩溃
李梅对日本本土的火攻东京等城市已经是伤痕累累
被战争烧狂的日本人　终于感到战争的恐惧和可怕
战争贩子内心仍然燃烧着胜利 燃烧着仇恨
对在中国东南亚的不义之战从来没有后悔

广岛上空的蘑菇云之二

1945 年 5 月 8 日德国法西斯宣布投降
日本不甘失败　在太平洋战场上仍然负隅顽抗
琉球岛的硝烟 东京的烈火　并没有烧毁武士道的狂妄
菊水特攻神风勇士给美军带来重重的创伤
被战争酒精烧红的青木　辞别了未婚妻幸子姑娘
在神风勇士战斗中　坠毁新西歌号战舰自毁身亡

冲绳岛九十六天攻守战　山裂海啸异常惨烈
美军的强大攻势　日军的死亡抵抗　冲绳岛变成焦土
长空血雨腥风　大海变成了咆哮的血色海洋
巴克纳尔兴奋之际　空中飞来枪弹　葬尸异国孤岛
临死前还赞美冲绳岛秀丽的风景和煦的阳光
牛岛看到日军刀折矢尽　日军将要全军覆灭　危在旦夕
喝了一口壮行酒剖腹自杀　势穷力尽何颜生还吾故乡
战败的日本军民烧旗的烧旗　自戕的自戕
临死时唱着日本国歌　跪在地上望着大海的东北方

　　群王（你）的朝代　一千代

　　八千代　无尽期

　　直等到小石变成巨岩

　　岩石上长满藓苔衣

美军看到日军抗登陆能力之高　战斗意志之顽强
看到日本武士道精神之彪悍为天皇献身的至高信仰
美军深感恐惧　不能踏上日本国土去作战
要用新制的核武器原子弹　迫使日本帝国主义投降
1945 年 8 月 6 日美国的飞机护送"小男孩"
世界第一颗原子弹漂洋过海飞到日本广岛上空
三架飞机在广岛中心 T 字形大桥　找到定点方向
斯韦尼俯视着一百万人口的广岛市　感叹战争就是毁灭
"小男孩"像一个幽灵跳出飞机弹舱　徐徐下降
五十三秒后"小男孩"凶相毕露　广岛上空发出一声巨响
巨大的蘑菇烟云冲天而起　遍地是火海热浪

广岛顷刻之间变成一片滚沸的黑色沥青海
巨大的蒸气烟雾　笼罩在十六万平方公里土地上
砖石房梁在飞舞中倒塌　人在死亡的痛苦中翻滚挣扎
难以描述的几分钟　旷世浩劫　毁掉了广岛的血太阳
天皇看到为他效忠的子民对于灾难似乎无动于衷
军人将士仍然嚣张狂叫　就是死也不下战场
美国在 8 月 9 日向长崎投下第二颗原子弹"胖子"
长崎几分钟被夷为平地　变成血和火的黑色海洋
日本天皇终于感到旷日持久的流血和牺牲　无济于事
接受《波茨坦公告》停止战争　向盟国宣布投降

虎头要塞之鏖战

我站在虎头要塞废墟上看着当年的残堡断垣
春天的雪花微冷的北风　让我思绪绵绵浮想联翩
关东军十年精心建造　埋葬了多少中国劳工的生命
建成了钢铁堡垒　为了长期统治中国对付苏联
几座大山全部被掏空　形成三层密集的火力网
日军自诩虎头要塞是永远打不烂的陆上航空母舰
苏联战败了德国　1945 年 8 月 9 日向日本正式开火
四千五百公里边境线上同时发起进攻　炮火连天
柳辛科夫指挥苏军　以排山倒海之势冲向虎头要塞
日军的冲锋枪在要塞的暗堡里吐出一条条死神火焰
四次强攻冲锋　苏军被暗堡的火力压下去
第五次在大炮飞机的轰炸下　抢占了东西猛虎山
为了守住阵地　日本十五个肉弹发出疯狂的吼叫
双眼闪射出绿光的狂徒　身上捆满烈性炸弹
他们要用肉体创造"大东亚共荣圈"的战争奇迹
赴死前痛饮壮行酒　高喊为天皇献身死而无憾
肉弹冒着枪林弹雨　迅速跃上苏军的坦克

一声声巨响　肉弹粉身碎骨　苏军坦克瘫痪不前
柳辛科夫少将看着难以置信的悲惨一幕
一场邪恶战争　日本士兵竟能慷慨赴死让人感叹
大木正大佐看到关东军大势已去　平静地放下望远镜
二十多个日本慰安妇　随时准备效忠天皇舍身赴难
慰安妇都是日本北海道宏基女子中学的年轻学生
半年前自愿随军结伴到中国　为日军舍身慰安
一个叫贞子的姑娘　用妙曼的歌喉唱起《九段坂》
一个日本白发苍苍的母亲为战亡的儿子祭奠
我从上野来到九段坂　我心情急切有路难辨
手扶拐杖走了整整一天　我看望你　我的儿啊
高耸入云的大门引向金碧辉煌的神社
儿啊　你已升天为神　你不中用的老母　泪流满面
《九段坂》这首歌鼓舞着多少狂怒的武士来到中国
在中国锦绣的土地上　烧杀抢掠制造了多少人间惨案
日本的母亲啊　你的儿子在南京屠杀了三十万生命
日本的母亲啊　你的儿子毁掉中国多少人的家园
日本的母亲啊　你的儿子在侵华战争中犯下多少弥天大罪
日本的母亲啊　你的儿子在中国在东南亚
杀人放火　罪孽深重　深似大海　重似喜马拉雅山
中国母亲在这场战争中失掉多少亲人和儿女
中国母亲在这场战争中背负着多少耻辱和负担
中国母亲哺育了多少日本战犯在中国留下的遗孤
几十年后强忍离愁　含痛忍泪把养儿养女送还

《九段坂》 这首歌不是在为死去的儿子祭奠
《九段坂》 这首歌是为你们活着的儿子送葬
《九段坂》 是对神圣母爱的亵渎　是对母爱真情的摧残
虎头要塞活着的日本儿子　衣衫褴褛满身血污
他们强忍伤口剧痛一声不哼　显示了武士道精神的凶顽
一声沉闷的巨雷　整个虎头山猛烈发抖颤动
日本人引爆山道里几百吨炸药　儿子的尸体全部飞上天
1945 年 8 月 22 日日本关东军在长春向苏军缴械投降
日本在东北不可一世的关东军　从此土崩瓦解灰飞烟散

太阳旗的陨落

日本投降之一

1945 年 8 月 14 日　东京太阳暴晒闷热难熬　没有一丝风
美军飞机几个月轰炸　全城满目疮痍千疮百孔
十四年来这座傲慢的城市不知道策划过多少事件和事变
事件和事变的演绎　变成一次又一次疯狂的侵略战争
战争最终给日本和天皇的子民带来了巨大伤亡
战争给日本首都东京带来几近毁灭的不幸
这天上午　天皇要在吹上御所召开御前会议
昔日御居圣地已是断壁残垣　弹壕纵横
天皇裕仁穿着军装戴着手套　慢步走来满脸愁容
宣布接受同盟国《波茨坦公告》　无条件投降的决定
天皇流着眼泪　现在停战是为了日本以后的复苏
所有重臣笔直站着　阴沉沉的脸上泪如泉涌
骄横跋扈杀人如魔的日本军人　将要停战投降

战败国的耻辱要落在日本帝国骄横的头顶
一群少壮派军人　荷枪实弹包围了天皇住所
从广岛叫嚣飞驰来的警备队　扬言要把卖国贼严惩
这些穷凶极恶的卫道士狂妄叫嚣　不准无条件投降
我们有两千万预备军　誓死和联军一决雌雄
少壮派企图发动的军事政变最终失败
他们愚蠢的行动是把日本人民再一次推向火坑
15 日 12 时　日本的广播奏起凄凉的国歌《君之代》
随后响起天皇有气无力　断断续续哭丧的说话声
八百一十六个字的《终战诏书》背负着中国人民
半个世纪刻骨铭心的耻辱三千万人的生命债
八百一十六个字的《终战诏书》多少中国壮士
离家园别妻子　万箭千刀一夜杀　平阴流血浸空城
八百一十六个字的《终战诏书》是中国历时十四年的灾难
九万平方公里的土地上　寒月照白骨　空村虎豹争
八百一十六个字的《终战诏书》　再一次验证了
邪恶必败正义必胜　得道者兴失道者崩　真理之永恒
千万日本人听到终战诏书　从诚惶诚恐到悲哀绝望
跪在二重桥外　对皇宫叩头膜拜　痛苦不堪　泪如泉涌
十四年来他们听到的声音是日军一个个战胜的捷报
大和民族两千五百年第一次戴上桎梏　太阳帝国陨落东瀛
广场上多少人全家剖腹自杀　以解脱战败之耻辱
老师带领一群十几岁学生　蹈海赴难以谢战死的军人
陆军大臣阿南自感弥天大罪剖腹自杀谢主

东条英机自戕未死　终于走上绞架受到严惩
日本将士为战败投降而纷纷自杀　让世界震惊
一个嗜血如魔的民族　对天皇对民族是如此忠诚
我们曾经用犬的民族　狼的本性形容日本人
狼的残忍犬的忠诚交织成大和民族的顽强与血腥

日本投降之二

每个人都有一个渴望
每双泪眼都仰望着刺进雾里的金光
阴沉的雾就要退了
在它的后面会出现一轮光辉的太阳

　　　　　　　　　　　　——丹茵《重庆的雾》

雾散了　世界人民中国人民看到了祥和的太阳
敛血的小太阳陨落在东方小岛上　收住了血光
日本无条件投降的电波飞越大海飞越高山
九百六十万平方公里的土地上　山在欢呼水亦歌唱
胜利的喜悦让天地风云日月星辰为之起舞
喜悦的泪水汇成波涛滚滚的黄河扬子江
胜利的喜悦给千疮百孔的大地披上盛装
胜利的喜悦震动着四亿五千万同胞的心房
柳条湖的铁路旁　人们愤怒掀倒爆破纪念碑

东北军的老战士　述说着十四年前的耻辱和悲伤
长城内外的烽火台　燃起熊熊的胜利篝火
今日平胡虏 戎台将士狂 百夫葬尺土 碧血染苍黄
苏州河 黄浦江 吴淞口 罗店 虹口 大场
一串串纸钱　一句句告慰　胜利的喜酒 英雄的四行
饱受日寇铁蹄蹂躏的南京城　如梦如幻如痴如醉
君不见火树银花旗如海　人若狂来城若狂
中华门 扬子江 紫金山 燕子矶 草鞋峡 秦淮河
三十万个冤魂 三十万杯奠酒 三十万个思念 三十万炷祭香
台儿庄战场上死亡的将士　花园口决堤死于洪水的难民
你们的鲜血 你们的生命　换来抗战胜利的辉煌
长城内外 大江两岸 天涯海角 武夷山下
组练弃如泥 白骨盈丘旁 英魂饮浊酒 空城泪故乡
抗日敌后根据地的军民　欢呼胜利载歌载舞
共产党人的热血　洒遍了苏北皖南黄河太行
一百二十万大军凝聚着中华民族的希望
武汉长沙广州衡阳常德还有祖国的大西南
处处是家祭勿忘告乃翁　九月寒砧忆辽阳
掩埋在缅甸野人山　远征军将士的野魂孤鬼
北去的风　孤魂做伴还故乡　胜利喜悦要共享

重庆八年抗战留下了不可磨灭的烽火记忆
重庆八年抗战汇聚了各个党派各种力量
重庆八年抗战是中国抗日战争的指挥中枢

重庆八年抗战历经磨难历经灾祸不屈不挠勇敢坚强
抗战胜利了　重庆人群情激奋　大唱《义勇军进行曲》
欢笑声鞭炮声祝贺声不分国籍不分贵贱不分各党
欢庆声从清晨到中午到傍晚到午夜再到天亮
不管是滚滚的长江 嘉陵江　还是沸腾的大街小巷

让我们纵目到陕北崇山峻岭中的延安
锣鼓 鞭炮 唢呐　欢声 笑语　龙腾狮舞 彩绸飘扬
宝塔山下窑洞的灯光彻夜不灭　辉煌明亮
延河两岸的篝火照红黄土地　映红四面山冈
人们端着米酒遥祝敌后根据地抗日英雄将士
你们反"扫荡"反清乡反围剿　人民战争陷敌于汪洋
延安处在抗战大后方　她是抗日战士的摇篮
养育了多少血性儿女　送上全国的抗日战场
人们常说黄埔军校培养出民国一批忠臣良将
延安抗大浇灌培育出　中华民族无数骄子栋梁
毛泽东窑洞里纵横捭阖　写出《论持久战》一部宏观论著
《对日寇的最后一战》像一篇战斗檄文刺向日军心脏
延安精神发扬了中华民族空前团结先进和民主
延安精神永远激励着中华民族的腾起和富强
延安在分享着抗战胜利的喜悦　全国人民在翘首企望
延安红色的信号腾空而起　迎接中华民族新的曙光

受　降

芷 江 受 降

1945 年 8 月 21 日日本的洽降代表今井武夫少将
一行八人登上飞机来到湖南芷江　如丧家犬之惶惶
今井一行坐着插有小白旗的吉普车　缓缓行驶
双手沾满中国人鲜血的老牌特务　神情显得非常沮丧
昔日骄横的日军在失败面前前倨而后恭
宽容的中国人总是以德报怨以礼待敌以礼相让
我们并没有忘记日军侵占南京后飞扬跋扈的姿态
蔑视地宣布不以南京政府为对手的傲慢凶相
我们并没有忘记五三惨案不让中国代表就座的场景
我们更没有忘记从《马关条约》到《塘沽协定》日本代表的狂妄
美国空军军官对待日本人的严厉　我们似乎有点不习惯
我国洽谈代表处处显出中国是大国风度 礼仪之邦
回顾日本对待中国战俘是何等野蛮与残暴
回顾日本对待中国百姓的屠杀是何等丧尽天良

231

中国受到的践踏伤害　远远超过美国多少倍

中国的代表以谦谦君子之风　对待日本杀人魔王

中国人啊　历史上无限忍让导致了我们的软弱和贫穷

中国人啊　历史上无限宽容引进了无数残暴凶恶的豺狼

三天的洽降谈判　日本人终于低下狂暴的战犯之首

为南京受降做好各种准备　国人在等待 国人在盼望

东 京 受 降

1945 年 8 月 29 日美国军舰密苏里号驶进日本东京湾

东京湾的海底暗暗涌动着巨大急流和狂澜

日本的叛乱者组织神风轰炸机群　妄图炸沉密苏里号

阴谋要是得逞后果不堪设想　将会带来世界更大的灾难

裕仁天皇责令日本子民绝对服从天皇的旨意

这才避免了一场残酷拼杀　更加疯狂的报复战

9 月 2 日上午 9 时　盟军最高统帅麦克阿瑟将军

在美国两个海军上将陪伴下踏上甲板

美国法国英国苏联荷兰等九个国家的代表

中国的徐永昌上将一起登上密苏里号军舰

战胜国的国旗高高飘扬在东京湾的上空

血染的中国国旗此时此刻格外地夺目鲜艳

十四年中国的灾难让世界触目惊心 亘古及今未有

三千五百万军民的生命换来胜利的今天

中国人的心底里涌动着巨大的痛苦和眼泪

中国人面对今天的胜利　回顾忍辱负重五十年
日本强盗重光葵　拖着淞沪战争中留下的一条腿
梅津美治郎铁青着脸　罪恶的手签字时微微发颤
日之丸的血色太阳旗在日本国土上徐徐落下
低沉的《君之代》国歌像为天皇送葬　沉重而凄惨
我们热爱和平不要战争　世界人民永远要和平
二次世界大战落下帷幕　世界开始了新的一天
日本海底的暗流不但没有消失仍在隆隆地滚动
狰狞可怕的声音在吼叫　胜利最终属于日本
三十年后大日本帝国的菊花刀和你们再见

南 京 受 降

中国政府选择9月9日9时　三九良辰吉日
南京城不管是高楼还是草舍　张灯结彩悬挂着国旗
二十五天的纵情欢呼　二十五天的倾盆泪水
二十五天的虔诚祭奠　二十五天向在天亡灵的告慰
曙光到来　生活在黑暗的人群喜中有悲悲中有喜
天还未亮　南京人拥到街头　热泪狂流奔走相告
目睹日军兵团的魔头冈村宁次　战败后的沮丧神气
战败国的车轮　颓丧行驶在中央大道黄浦路上
人们愤怒高呼　打倒穷凶极恶的日本帝国主义
冈村宁次低下光头脸上冒汗　显示出难以想象的痛苦
回忆起《淞沪停战协定》《塘沽协定》签字的得意之时

今天又是他带领一百二十万日军在这儿投降签字
武勋赫赫日本派遣军不得已投降　无限悲痛万感交集
日本军人对在中国的失败心里从来没有认输
认为苏联出兵东北　美国两颗原子弹的屠杀　才有如此败局
愚蠢日本人从来没有认识到中国战场时局的变化
从长远的历史看　根本没有意识到中国人的韧性和意志
一个海岛之国　十四年侵略战争已经拖得遍体鳞伤
经济危机兵源枯竭战线过长　部队难以休养生息
日本幻想以武力占领了大半个中国　胜利在望
残酷屠杀和镇压　中国政府和人民一定会把抗战放弃
欧洲战场德国军队雷霆之战　捷克　法国　波兰早已投降
衣衫褴褛兵器落后的中国军人　打了十四年还要坚持到底
假使没有盟国援助　中国抗战可能还要打几年
没有中国战场牵制　日本的魔爪也会伸到欧洲各地
中国远征军赴缅作战以最大牺牲解救了英国军队
最困难时中国军队担负起国际主义的道义
纵观泱泱中华历史　五千年几十个朝代的兴衰史
再残暴的入侵之敌　中国人民一定会取得最后胜利

审 判 战 犯

东 京 审 判

从 1945 年 9 月起　日本一大批甲级战犯相继被逮捕归案
1946 年 1 月 19 日　中国为首的十一个国家组成国际军事法庭
1946 年 5 月 28 日　日本甲级战犯在东京受到军事法庭的审判
冈村宁次　几个血债累累刽子手却逍遥法外不知是何情
也可能是几个国家操纵着检察大权和日本人同病相怜
过去结伴为伍侵略中国　此时此刻心情有点隐隐发痛
所有战犯在法庭上全部否认在中国犯下的弥天大罪
中国法官义正词严　陈列了一大批人证物证
皇姑屯事件 柳条湖事件 伪满洲国建立 七七事变
还有汪伪政府哪一件不是日本蓄谋策划 制造事端
从东北到西南华夏大地白骨露于野 千里无鸡鸣
中国有多少无辜百姓惨死在日寇的刺刀下
对南京三十万人民的大屠杀　更是昭昭皇天恶贯满盈
在东南亚战场上犯的罪行红海卷怒涛　白山难回首
日军兵团的野兽暴行举世罕见　难以用文字形容

东京审判历时两年七个月　认定了日本法西斯的种种罪行
多行不义必自毙　战争狂人终于得到覆灭的下场
血债累累的七个甲级战犯被军事法庭判处绞刑
1948 年 12 月 23 日午夜　东京雷电炸响 乌云翻滚
七个甲级战犯走上绞刑架　结束了罪恶的一生
这一天天皇的子民是反思是悔恨还是悲痛
这个嗜血民族不以此为戒　将战犯顶礼膜拜为英雄

南 京 审 判

1946 年 2 月 15 日南京国防部审判战犯军事法庭宣告成立
中国在全国各地共逮捕日本战犯两千三百五十七名
每一个战犯的罪过　似山似海让法庭难以清算
战犯的罪过该用什么数字记录　该用什么文字倾诉
谷寿夫三人的死刑岂能安慰三十万冤死的亡灵
处死三十五个战犯　不知道三千五百万的亡灵能否宽容
诗写到这里我已没有眼泪　心里只有无比愤怒
审判席上宣读的不是控诉文字　而是复仇的枪声
我想到日本鬼子近五十年对中国人民犯下的罪行
胸中怒火高万丈　恨不能纵马踏东洋吃尔肉喝尔血
旧恨春江流不断新恨云山千叠岭　恨恨亦难平
我想到中国将士为国捐躯的慷慨悲壮　战死白骨无人收
情不自禁握紧双拳大声怒吼　怒发冲冠义愤填膺
屠夫不甘心低下头 侵略者的兽血残留在绞绳

战犯的阴魂并未散 野心时时还在**蠢蠢欲动**
不要说是极少数 请看昨天与今天战心不死的东瀛
黑水暮东流 白山尚战声 兵戈犹在眼 十寨九村空
死是征夫死 功是将军功 几杯庆功酒 安能慰英灵

索赔和战俘

我的诗歌本来不想写这笔无法向国人交代的一笔账
要是不写　又觉得这首抗日战争长诗似乎不完整
三百一十万日本人遣返的数字　在战争史上从未有
燕子矶屠杀五万中国俘虏的数字是否无足轻重
我们国民政府考虑到俘虏回国后生活困难
允许每个日本人带三十公斤赃物　中国人拱手奉送
这就是中国人以德报怨　老祖宗的优良传统
这就是中国人海纳百川　气量博大无限宽宏
回忆从甲午战争　日本人从过去的胜利到今天的失败
日本人是否对中国有过丝毫谅解　还是有一点点同情
有人说以牙还牙以血还血　冤冤相报何时了
总不能以德招怨以爱得仇　历史教训让人心痛
六百二十亿美元的战争赔款我们只得到两千两百五十万
日本对我们之宽大毫无感谢之意　让国人愤愤不平
我不知道甲午战争的赔款　是否少给日本人多少银两
我不知道八国联军的赔款　清政府是否全部赔清
我只知道德俄法三国策划的东北赎辽事件

清政府给了日本三千万白银的赎辽费　让国人无地自容
我们的宽容我们的仁德　是否能换来日本人的诚心认罪
一百多年的历史　一百多年的风云　一百多年的春天与寒冬

壮士殉国录

佟 麟 阁 [注]

你出身农民家庭　对生你养你的土地深深眷恋
二十岁投笔从戎　随着冯玉祥的部队南征北战
你纵马驰骋拼死沙场屡立战功　显示出卓越的军事才干
五原誓师响应国民政府北伐　战功赫赫名震中原
蒋介石排除异己　你愤然退伍回乡荷锄务农田
中原大战失败后　改编为国民二十九军　军长是宋哲元
九一八事变爆发　全军请缨　坚决要求抗击日本侵略者
保卫长城血洒喜峰口　二十九军将士奋战战犹酣
为了反对国民政府不抵抗　冯玉祥建立抗日同盟军
失败后　佟麟阁抗日宏愿未遂　无限悲愤隐居香山
卢沟桥事变　二十九军向日寇打响抗日的第一枪
抗战的吼声响彻中华大地　处处燃起抗日的烽烟
保卫南苑你亲率将士冲上战场　血战到底
打败敌人无数次进攻　无数壮士热血洒沃原

你的腿部负伤　区区小事国难当头决不下火线

敌机疯狂扫射　你临危不惧指挥战斗　终于头部中弹

你和你的部下　用热血铺就中华民族的抗战之路

为国而生为国而战为国而死　军人战死疆场无遗憾

注：牺牲时任国民革命军第二十九军副军长。

赵　登　禹^(注)

你血管里流着山东大汉勇敢豪放的血

你从小热爱武术　拜名师学会各种格斗拼搏

你出身贫苦农民家　饱尝晨断炊烟夜少被的穷苦生活

牡丹花开透杀气　与其兄投奔冯玉祥部队报效祖国

保卫喜峰口争夺战　英勇顽强负伤数处愈战愈勇

扶手杖率领敢死队　杀出潘家峪口越过滦河

杀声震天　手榴弹遍地开花炸得敌营天翻地覆

吼如雷大刀挥　英雄谱写一曲《大刀进行曲》之歌

五百酋首血染青锋刃　炮兵大佐亦做刀下鬼

赵登禹名声大震　显示了中华男儿的英雄气魄

七七事变你和佟将军共同肩负防守北平南苑

两颗忠心一个志愿　誓死捍卫中国领土坚决消灭侵略者

面对敌人疯狂进攻你出生入死指挥若定

率领手枪旅冲锋陷阵　大刀闪处敌人头颅落

佟将军殉职后你重整队伍　向大红门集结准备反攻

行至御河桥身中数弹　又一位高级将领以身殉国

241

宋哲元闻噩耗大放悲声　吾失掉左右臂恨声迭迭
将军首战身先亡　壮志未酬是天是地还是人的过错

注：牺牲时任国民革命军第三十二师师长。

郝　梦　龄^(注)

皓月悬空　郝梦龄望着熟睡的五个孩子思绪万千
想到战场上殊死拼搏　想到敌人狂暴凶残　抗战步步艰难
烽烟起国将破　孩儿虽年幼亡国亡种恨难却
征夫别家泪　思情期未限　阿父抗日去　壮士不生还
一封嘱咐信竟成了将军和妻子儿女的永诀词
为了国家民族的独立　大丈夫战死疆场亦为忠孝双全
月饼上打印着勿忘国耻　鼓舞将士抗日的斗志
号召将士抱定有我无敌有敌无我之决心　拼杀决战
郝梦龄把蒋介石给他的三万元全部分给将士
显示了一个中国军人　国家危难之际　高风亮节不畏寒
郝梦龄指示　站在哪里战在哪里　生在哪里守在哪里
我要是后退一步任何一个士兵都可以处决我的铮铮誓言
军长慷慨激昂的言辞　将士愤然高呼　誓死捍卫阵地
击退敌人无数次进攻　一寸国土决不让敌人侵犯
郝将军冒着炮火穿梭在战壕　沉着稳定指挥战斗
瓦罐不离井口破　大将难免亡阵前　是他的口头禅
战斗中敌人一阵罪恶子弹射进郝将军的胸膛
他捂着血流如注的伤口　一定要把小日寇消灭完

刘家麒将军抢救军长亦倒在敌人枪弹下　其景激烈悲壮
两位将军为了捍卫国土同时饮弹　洒血晋北之黄滩
南化之役　率部鏖战　身先士卒　奋勇向前　骄骄郝军
一军独领　刘君继踪　如影随形　呜呼忠勇　名垂宇寰

注：牺牲时任国民革命军第九军军长。

谢　晋　元[注]

大丈夫光明磊落而生　亦必光明磊落而死　男对生死之义求仁得
仁　泰山鸿毛之旨　熟虑之矣　今日纵死　而男之英名必流芳千
古　故此险恶之环境　男从未顾及　如敌劫夺之日　即男成仁之
时　人生必有一死　此时此境而死　实人生之快事也

——谢晋元生前给父亲的遗书

一个深秋的傍晚　我漫步在苏州河畔晋元路上
滚滚的苏州河川流不息　随我溯源而追往
谢晋元　一个英雄名字永远镶嵌在东方巴黎的时空里
为了民族独立　为了国家兴亡　浴血奋战命殒沙场
掩护大部队往西撤退　艰巨任务落在八百壮士的双肩
背水一战孤军死守　刀山也要上火海也要闯
谢晋元领着全营官兵写下向家人诀别的遗书
我们是中华儿女舍身殉国是我们军人的荣光
几昼夜顽强战斗击退日军数十次疯狂进攻
血浇着火　火燃着血　血火中威武的壮士　屹立的四行

不顾一切地拼吧　死算什么　人活百岁终有死
永保长城万里在　留得丹心照汗青是英雄的绝唱
拒各方之请　谢晋元奉命率领八百壮士　英勇撤退
租界迫于日军的压力　羁押孤军　解除孤军的武装
谢晋元在孤军营 严于律己　做到中国军人的楷模榜样
清晨升国旗 礼毕唱国歌　以此培养官兵的爱国思想
面对日伪汉奸的威胁利诱　谢晋元忠心不改嗤之以鼻
显示我军人坚贞壮烈之气概　博得国人之敬仰
日伪政府黔驴技穷收买孤军营的四个叛徒
一个抗日英雄没有死在疆场　却死在同胞的刀刃上
谢晋元的死震动了上海 震动了中国 震动了世界
保卫疆宇血战玄黄　秋风烈 黄花香　四行懿德扬芬芳

注：牺牲时任国民革命军第八十八师第五二四团上校团长，追晋
　　陆军少将。

王 铭 章^(注)

奋战守孤城　视死如归　是革命军人本色
决心歼强敌　以身殉国　为中华民族争光

　　　　　　　　　　　　　　——毛泽东等人挽王铭章

你求学时就树起国家存亡匹夫有责的理想
国破家何在　你坚决拥护枪口一致对外的抗战主张
你在防守德阳什邡绵竹三县时　颇能节用惜民

出川抗战愿与诸君共赴时艰　誓师大会慷慨激昂
立志以死报国　辞别父老忠孝难双全写遗嘱于儿女
财产全部捐献公益事业必行仁义　以国家利益为上
临行前率领全师官兵痛饮壮行酒　断袍示诀别
徒步出剑门　过巴山越秦岭　渡黄河抵太原浩浩荡荡
你号令官兵受命不辱　临难不苟　负伤不退　被俘不屈
娘子关与日寇拼搏血战到底　用民族大刀对峙东洋枪
你临危受命进驻滕县担当解危徐州之大任
坦荡自若无怨无忧　何惧川军薄弱之兵力　窳败之武装
日军以强大兵力猛烈炮火向滕县发动进攻
你镇定泰然亲临十字街头　与敌肉搏寸土不让
滕县城内炮弹如雨火光冲天　死尸遍野血溅长街小巷
你决心先死于民 以身报国　这是中国军人的崇高信仰
风尘三尺剑　社稷一戎衣　未收失地你何以回故乡
你临危不惧屹立城墙不顾生死和敌人殊死拼搏
城在人在城亡人亡　你胸部中弹饮恨身亡
五昼夜滕县残酷的守卫战为鲁南会战赢得了时间
台儿庄大捷不能忘记王铭章的川军官兵英勇悲壮
英雄的灵柩伴随沿路千万人的吊唁回到老家故土
壮节殊勋功垂千秋　巴山蜀水为你祈祷 为你哀唱

注：牺牲时任国民革命军一二二师师长。

张　自　忠^(注)

一战捷临沂　再战捷随枣　伟哉将军　精神不死
打到鸭绿江　建设新中国　贵在朝野　团结图存

——朱德　彭德怀

你的名字叫荩忱　立志精忠报国为民竭尽微忱
你流血沙场马革裹尸　尽到一个中国军人的高度责任
你训练部队自我带头严肃军纪　严格管理亲兵如兄弟
你注重中国传统道德教育　培养士兵爱国主义精神
你任守边大臣审时度势严于律己　不卑不亢不辱使命
你坚持民族尊严　不屈服日本帝国主义的淫威
七七事变你留任北京负辱含垢　受到国人的误解和辱骂
身处危城救国之心矢志不移　在夹缝中求生存
你秘密下令开仓放粮　救济战乱造成饥荒的百姓
分散隐蔽伤员　安置二十九军留平眷属　历经千难万辛
一个月后你巧妙逃出北平　历烟台过济南到了南京
大丈夫坚信相看白刃血纷纷　死节从来岂顾勋
虽然你受到群臣指责国人辱骂　心地坦荡孰以相辩
没有抱怨无须解释更不灰心　坚信时间会荡去雾尘
你摈弃个人恩怨不计前嫌和庞炳勋协力作战
临沂战役取得胜利为台儿庄大捷壮威助阵
几次战役有勇有谋正奇兼用　人们美称你为活关公
你满怀仇恨痛歼敌酋　以战绩表白你的爱国之心

身为集团军总司令　在枣阳之战亲自过河督战
为国家为民族下定死亡之决心　誓灭倭寇扶正朗朗乾坤
南瓜店你身负重伤　仍然卧在地上与敌人浴血奋战
弥留之际留下一句话　我没负国家没负民族没负人民
张自忠战死疆场轰动全国轰动延安轰动了重庆
沿路成千上万各界民众迎候祭奠　哀悼挽联如潮如云
张自忠的牺牲验证了孙中山的一句名言　我死则国生
张自忠其忠勇之志壮烈之言　为我国抗战军人之魂

注：牺牲时任国民革命军第五战区右翼兵团总司令兼第三十三集
　　团军总司令。

戴　安　澜^{（注）}

外侮需人御　将军赋采薇
师称机械化　勇夺虎罴威
浴血东瓜守　驱倭棠吉归
沙场竟殒命　壮志也无违
　　　　　　　　——毛泽东《挽戴安澜将军》

247

虎头食肉负雄姿　看万里长征　与敌周旋欣不悉
马革裹尸酹壮志　惜大勋未集　虚予期望痛何如
　　　　　　　　——蒋介石《纪念戴安澜将军》
天上电闪雷鸣　地上洪水猛兽　日寇的炮火隆隆
一支哀兵队伍行走野人山　挣扎在狂风暴雨之中
八个卫士抬着一副沉重棺板　覆盖的战旗被鲜血染红

雨水泪水哭声愤怒吼声　交织成一曲悲壮的民族交响乐
显示出中华民族的抗暴精神　震撼着南国万里长空
棺板里装殓着二〇〇师师长戴安澜英雄的遗体
几千名官兵护送师长的英灵　强忍着无限悲痛
队伍里响起戴安澜创作的歌曲《战场行》
骨瘦如柴的二〇〇师战士心里压的铅块千斤重

　　　　弟兄们大胆向前走

　　　　敌机虽在我们头上盘旋

　　　　炮弹虽在我们头上飞过

　　　　拼命杀敌 沉着战斗

　　　　虽死也光荣

戴安澜伤重不治　于二十六日在茅邦去世的电波
飞出缅甸的崇山峻岭　飞到中国飞过长江飞过长城
长城内外延河两岸嘉陵江畔发出撕心裂肺的咆哮
不分党派不分职业　国人军士遥遥悼念远征的英雄
东瓜战役你孤军奋战取得胜利　弘扬国威于域外
收复棠吉的激烈战斗你再次在世界扬名
试问苍天英雄何以短命　牺牲时年仅三十八岁
试问大地何不惩罚顽凶　让其处处涂炭生灵
英雄临亡之际望着北方大呼　我的灵魂要回祖国
生是中国人 死是中国鬼　做鬼也要渡海踏东瀛
一路的风雨 一路的哭泣 一路的跪祭 一路的思念
悲哉壮哉　三易棺木著青史　英雄豪气壮军营

注：牺牲时任国民革命军二〇〇师师长。

忆念九一八

李 家 钰 ^(注)

万里中原转战来　前师急报将星颓
归元先轸如生面　化碧苌弘动地哀
军令未闻诛马谡　恩论空遗重曹丕
灵旗风雨无穷恨　丞相祠堂锦水隈

——柳亚子《挽李其相上将》

你出生在四川省浦江县窗子坝村一个农民家园
自幼天资聪慧好读诗书　树立了中国传统道德观念
深夜里你经常秉灯攻读《左氏春秋》《孙子兵法》
投笔从戎驰骋疆场　一个赳赳武夫要用热血谱写壮士篇
卢沟桥战事爆发　唤起中华民族的全面抗战
你主动请缨　男儿持剑出乡关　不灭倭奴誓不还
出巴山历宝鸡经西安在山西参加长治之战役
兵器之落后　官兵不怕牺牲之精神　令国人可敬可赞
你坚持国共团结统一抗战　协同八路军开展抗日斗争
教育官兵爱国爱民以民为本　力戒部队困民扰民
协助农民消灭蝗虫　不能给荒芜的农田再带来灾难
面对日军中原会战你提出先发制人的主张
建议上峰未采纳　致使郑州失守　洛阳处于破城的危险
面对优势敌人你带领四个兵团迎击日寇
男儿欲报国恩重 死到沙场是善终　与敌人誓死决战

249

为了掩护友军转移　你的部队受到敌人炮火攻击
你率特务营反复冲击　身中数弹　为国捐躯河南陕县
士兵冒着枪林弹雨抢到你像筛子一样的尸体
一个战士倒下　再一个战士冲上去终把军长背下山
英雄的斑斑血迹抛洒在战火烧焦的土地上
在夕阳照射下像盛开的杜鹃无比灿烂
李家钰壮烈殉国的噩耗传来　犹如黄河掀起巨浪
重庆新华社发表纪念文章　称赞李军长为军人之楷范
你的部下头缠白布高喊着　报仇　向敌人猛烈冲去
豫西大地处处燃起誓死消灭倭寇的熊熊火焰
黎明前的黑暗　野兽临死前的残暴　日军即要灭亡的贪婪
洛阳　扶桑血红的小太阳　已经慢慢坠落于西天

注：牺牲时任国民革命军第三十六集团军总司令。

范　筑　先^(注)

碧血为山河　百里危城留　与社会树模范
浩气存天地　千秋青史合　为民族表英雄

————蒋介石

你两次拒绝韩复榘率部南撤的命令　坚持守土抗战
成败利钝在所不计　鞠躬尽瘁亦所不惜　誓与日寇相周旋
在日军入侵华北紧要关头　你积极寻求救亡图存的道路
在共产党领导下和共产党结成抗日民族统一战线

在鲁原西北肃清日伪军　你开辟了抗日根据地
从山区到平原　抗战事业蓬蓬勃勃　山东红了半边天
为了配合保卫武汉重大战役　你率部进攻济南
动员群众消灭倭寇　炸毁敌人铁路致使敌人交通瘫痪
次子范树民在济南战役中伏尸驰马　壮烈牺牲
你含悲致辞　为国捐躯死得其所　疆场殉国死而何憾
次女范树琨毫不犹豫　担负起青年挺进队队长之职
马踏敌营痛杀敌酋屡立战功　红颜不让须眉让人敬叹
你接受革命思想　三个儿女到延安进了抗日军政大学
在革命摇篮里学习锤炼　看到中国灿烂的明天
日军包围聊城　将军指挥守城部队奋勇抗击
你左臂负伤腿骨打断　仍然率部与日军誓死血战
聊城失守官兵与敌街战巷战　将士全部壮烈殉国
你身负重伤不甘受辱　拔枪自戕以死报国　气吞河山
范将军一门尽忠义　夫殉国妻为民子女堪称勇武
抗战史诗上又一曲　梅花高寒老气苍　英魂含笑眠鲁原

注：牺牲任国民政府山东省第六区保安司令。

251

萨　师　俊^(注)

英雄中山舰有着光荣悲壮的历史　震惊中外
护国讨袁 孙中山蒙难 中山舰事件　有阳光亦有阴霾
武汉保卫战　中国海军在长江扬起愤怒的大浪
一次次殊死较量　江水变成血与火　惊心动魄

中山舰奉命在长江金口水域执行巡视任务
碰到六架日本飞机　海空激烈战斗立时展开
敌机像饿狼扑向中山舰　疯狂扫射轮番轰炸
萨师俊舰长命令全舰炮火猛烈还击毫不懈怠
母亲河岂能容忍侵略者横行霸道作恶多端
国家仇民族恨伴随愤怒的江水　燃烧在英雄胸怀
火如柱炮如雨江在吼人在战　天亦昏地亦暗一场鏖战
舰着火腿炸断鲜血涌巨浪起　心亦怒志亦坚伟哉壮哉
江水涌向舱内　舰体向左渐倾已经超过四十五度
生死关头萨舰长临危不惧　命令全体官兵尽快离开
他岿然不动一手撑着舰舵　继续和敌机顽强战斗
高喊着身任中山舰舰长与舰共存亡是职责所在
部下士兵强行将血流不止的萨师俊架离舰艇
萨师俊誓死坚守舰头　一队敌机又结队从空扑来
一阵疯狂轰炸　舰艏中弹　中山舰慢慢沉下江底
萨师俊身负重伤和全体官兵随着舰身被狂涛掩埋
中山舰昂起高傲的头　巨大的旋涡掀起飞浪冲天去
象征着英勇不屈的抗日战士　牺牲前顶天立地的风采
萨师俊一个老海军的后代　为抗击侵略者壮烈牺牲
一个英雄的名字　伴随着中国的海军魂海军梦　威震四海

注：牺牲时任国民革命军中山舰舰长。

252

断腿连长的请求

激烈的云梦山争夺战五团兵力伤亡惨重
李宗昉军长命令军需人员　携带现款安抚受伤官兵
受伤的官兵相互搀扶　血泪交流其景壮烈凄惨
缺臂腿断泪 但闻血流声 人骨似白雪 肉裂落蚊蝇
一个断了一条腿的连长　拄着拐杖走到军长面前
哭着说　军长啊我即使断了一条腿还能打仗冲锋
寸金何足惜 寸土尤为重　钱买不到用血换来的阵地
钱买不到中国军人对国家对民族的一片忠诚
我要和你在一起　单腿跨马上战场　赶走残暴的小日本
即使流尽最后一滴血　为国死在战场是军人的光荣
在场官兵感动得泪流满面群情激愤　吼声震天撼地
伤残的官兵誓死重返战场拿枪挥刀跨战马挽长弓
李军长抱住断腿的连长双泪长流　感谢诸位的忠肝义胆
我中华有如此之血性男儿　何愁不重整金瓯富强振兴
黄河咆哮 群山颤抖 战马嘶鸣 雄师怒吼 天摇地动
中国人的鲜血汇成汪洋大海　红浪排空掀起暴雨狂风
中国人的肉躯 中国人的热血　凝成钢铁长城

血战中条山群英谱

战时捐躯寸与唐　中条山色暗无光
伤心最是黄河水　日夜奔腾吊国殇

——李根源《悼唐寸二将军》

253

吾侪今日惟奋力杀敌　　枪在手　剑在腰　　不令为贼俘也　　济则为
国家光荣　　不济则以死继之

——寸性奇

中条山会战打响　　日军兵分三路　　国民党各部仓促应战
三百里中条山每寸土地都在淌血　　每一棵树木都在烧燃
日军以强大攻势攻破各个要隘　　飞机在空中狂轰滥炸
国民党军队奋勇抵抗　　不顾生死　　处处是杀声连天
军长师长旅长团长营长连长班长战士在战火中格斗拼杀
死也要捍卫国土　　祖国的一寸山河也绝不能让日寇侵犯
营长姚汝崇不顾个人安危　　率领战士抢运大炮
身负重伤至死还高喊　　大丈夫负伤也不能下火线
连长施国治　　排长陈占海杜如林奋勇杀敌以身殉国
团军需黄国阵为国捐躯　　全团将士战死疆场无一生还
王俊师长在炮火中激励将士　　军人不成功则成仁
我们一定要尽军人的责任　　誓死杀敌收复我河山
参谋长陈文桤振臂大呼　　有敌无我有我无敌
首当其冲奋勇杀敌　　冒着枪林弹雨冲锋在前
王俊陈文桤和全师官兵英勇搏斗全部战死
其情其景何其悲壮　　英雄壮士血洒中条魂断中原
二十七师在台寨与日军血战到底　　全部壮烈牺牲
副师长满身鲜血跪祭官兵　　将士百战死 血雨昆仑寒
他站在奔腾怒吼的黄河边　　何日方能以倭血洗吾剑
高唱着好男儿为国家何惧死　　二十年后又是条好汉

另一线日军气势汹汹步步逼近　冲破我军道道防线
我军阵地血肉横飞　官兵前仆后继　奋勇搏斗猛烈勇敢
军长唐淮源召集三位师长　毅然指示言辞严厉
面对险恶局势　下最大之决心　以古今之英雄而自勉
为国家为民族保存高尚人格　存天地之正气
只有阵亡之军师长　没有被俘之军师长　为国死方为好汉
面对敌人层层围截　三军官兵饥饿交困身处绝境
将士同仇敌忾越战越勇　挥刀斩虏骄　莫遣匹马还
特务营营长董鹤龄 副营长赵树　举大刀向敌冲去
吼着《大刀进行曲》向张牙舞爪的日寇砍去　血肉飞溅
唐淮源率领部下三次突围　连连受挫粮绝弹尽
全军几乎伤亡殆尽　仅剩一名卫兵守在军长身边
唐军长望着尸骨高于千峰雪　血飞迸作汾流紫
以血代酒拜祭亡灵 心怀遗恨 壮志未酬 举枪自戕
卫兵伏在军长尸体上　凄惨的哭声怨地恨天
滔滔黄河水　震撼着豫西大地震撼着悲泣的中条山
刚满二十岁的卫兵跪在地上向着苍天大声吼叫
我舍不得我的中华　我舍不得中条山　我舍不得军长
举枪饮弹两眼圆睁　怒视日寇倾盆大雨平地卷狂澜
师长寸性奇身负重伤　听军长无法自救舍身成仁
悲愤至极勇气倍增　高呼杀敌声掩巨炮　敌寇闻之胆寒
拼杀中寸性奇身边只剩下黄仙谷团长和护卫兵数百人
寸师长命令团长不要管他　领着部下快速突围
为了祖国 为了民族　日月方长保存实力举旗再战

黄团长慷慨激昂　我岂能弃上不保　辱国昧心万难从命
拼杀中身中炮弹　弥留之间手抓黄土　含恨闭上双眼
寸性奇左腿又被炸飞　仍然趴在地上向敌人射击
敌人围扑过来他不甘被俘　仰天长呼拔枪自尽
英雄的热血洒在老祖宗给自己留下的热土沃田
官兵无一人离开师长离开阵地　不是战死就是自戕
一群群英魂一曲曲壮歌　八千义军同日死　血染花烂漫
排长和六名战士冒着枪林弹雨　抢埋师长的尸体
两名战士遇弹身亡　其余战士含着悲痛　用刺刀把墓穴填
用带血的石块垒成一个小墓冢　献上几朵血染的山花
只要我们不死　明年清明一定把师长祭奠
师长邢良臣带重病指挥作战　昏迷中听说中条山失守
愤然大叫　国土丢失何以见父老　口吐鲜血死在医院
武士敏将军激战中身负重伤　被敌人团团围住
他拒绝医治　痛斥敌寇　以死明志洁如竹兰
第十二师政治督导员李石安作战中不幸被俘
面对日军诱降他高喊　成仁取义　早有此心不必多言
充满兽性的日军以调戏侮辱其妻而相威胁
李石安猛然拿起一把利斧　愤怒砍向敌人审讯官
和十几个日军拼死搏斗　最后被敌人乱刀刺死
其妻和几个月的孩子亦被杀害　日军比野兽还要凶残
一幕幕昏天暗地的拼杀　一场场壮烈殉国的场景
几万个英雄　用生命谱写出血战中条山的壮丽长卷

壮士殉国录之二

左　权 [注]

名将以身殉国家　愿拼热血卫吾华
太行浩气传千古　留得清漳吐血花

——朱德《悼左权将军》

五月太行山的子夜　北风微微月光苍凉
山坳窑洞的窗前闪着昏暗跳动的烛光
八路军副参谋长左权披着衣服　陷入深深的回忆
想起妻子刘志兰　女儿左太北心情无比惆怅
二十一个月转战南北抗击日寇和家人东西天涯各一方
挡不住的思念情　如同东去的大河水九万里长
日寇集结几万兵力　号称驻晋日军总进攻"扫荡队"
计划分两期　全力对太行太岳晋西北实行大"扫荡"
中国共产党背负着民族的希望　担负着抗日的大任
作为军人时刻准备为国为民族捐躯疆场
长长一封信向妻子倾诉深深的思念之情

谁知道这竟是一封诀别信　夫和妻父和女天地各一方

24 日天刚蒙蒙亮　左权被一阵急促电话铃声惊醒

鬼子特别挺进杀人队已经把八路军总部紧紧盯上

敌人袭击了后勤部 军工部 通信科 新华日报社

总部后面的虎头山　敌我双方战斗已经打响

左权镇定指挥警卫连　阻击敌人的突然袭击

掩护庞大人马辎重队伍转移　形势危机万状

敌人围拢追击而来　总部已陷入日军的铁桶重锁阵

形势急转直下　左权当机立断　分散队伍向山林隐藏

他考虑到副总司令彭德怀的安全　劝彭先行突围

不容彭总争执　让警卫架彭司令上马驰向北方

为了掩护撤离的同志　他站在高地指挥同志往外闯

撤离队伍冲到十字岭的山垭口　最后一道关

两颗敌弹落下相继爆炸　左权躺在山路旁

英雄头上的鲜血浸红路边的石子和小草

英雄闭上祥和的眼睛　静静地躺在山冈

战士们围在左权身旁　无限悲痛　缓缓脱下军帽

哭叫着参谋长　大山四面回响起参谋长 参谋长

八路军名将凋谢在太行　黄河两岸大江南北国人同哀悼

公祭会上五千健儿异口同声　血债要用血来偿

左权　你是中国军事界不可多得的优秀人才

左权　你是八路军中一个有实践经验的军事家

左权　你有卓越的指挥才干有较高的理论修养

左权　你二十年的革命生涯无愧是一个优秀的共产党员

左权　你为国而生为民族而死血溅三晋地泪飞遏太行
抗日根据地军民悲愤高唱《左权将军之歌》
左权精神鼓舞着根据地军民　抗日热情空前高涨

注：牺牲时任国民革命军第八路军副总参谋长。

彭　雪　枫^(注)

感受不自由是莫大痛苦
你光荣的生命牺牲在我们艰苦的斗争中
你英勇地抛弃头颅　英勇
你英勇地抛弃头颅　英勇

——《安息歌》

1945 年 2 月 7 日的早晨　乌云滚滚　寒风横扫淮北大地
一场千年不遇的大雪　覆盖了田野乡村道路树枝
将星陨落 天地含悲 树木挂孝 山河呜咽
几万乡亲从四面八方奔来　热泪滚滚悲情依依长跪不起
悼念彭雪枫将军的追悼会在二十一响鸣炮中开始
党旗徐徐降下 哀乐凄婉低沉 人们忍悲痛泣
战士们满腔愤怒无限仇恨为师长高唱《安息歌》
灵堂上空飘满祭奠的纸钱　仿佛为师长哀悼叹息
祭棚两旁摆满血泪交织成的花圈挽词挽联挽幛
有毛泽东朱德等中央领导人　还有无数平民人士
四师各旅团的代表　痛哭失声走到灵堂前和师长告别

259

眼泪诉说着对师长英雄事迹的怀念　音容笑貌的追忆
路东路西各民主政府代表　缅怀师长对民主政权的贡献
参议会的老先生　老泪纵横　仰望苍天为英魂行天礼
妇救会的老大娘身穿孝衣　泪水洒湿素枪素马
嘴里叨叨着师长　饥寒中你给百姓送来温暖　爱民如子
淮中案件被冤屈的五十六名师生　头缠白布手拿白花
长跪灵前高呼恩人　哭声撼天动地血泪浸透孝衣
儿童团的孩子　揪人心肺的哭声让万物为之失色
手捧一碗碗壮行老酒　在灵前高喊着杀敌的雄心壮志
将军的妻子　亲密战友林颖哭喊着扑到灵前
雪枫你走得太早了　哭声撕人心肺　阴云低垂寒风凄凄
洪泽湖从隆冬到初春　阴风怒号浊浪排空
亦为英雄哀悼　为英雄啜泣　为英雄离去而惋惜
没有参加追悼会的淮北人民在家里设下祭桌香案
连连泣声　杯杯奠酒　香烟袅袅　哀乐阵阵　素花絮絮

延安　奔腾的延河水在鸣咽　巍巍的宝塔山在垂泪
整个黄土高原朔风呼叫　笼罩着一片悲哀　天暗云低
毛泽东听到噩耗潸然泪下　大呼还我儒将彭雪枫
铁骨铮铮的彭德怀热泪滚滚　悲哉　小彭先我大彭而离去
陈毅悲痛得夜不能寐　一幕幕并肩战斗的情景涌现眼前
挥笔作诗　君我成永诀　多年患难同　泪飞顿作倾盆雨
延安大礼堂门前素纸结成花环　肃穆而悲壮
高悬中共中央委员会的挽联　四周挂满挽幛和悼词

朱德诵读祭文声调低沉浑壮　　延河断流宝塔山垂泪

凤凰山杜甫川　寒风凛冽吹将衣　苍天垂首暗无语

彭雪枫将军 1907 年 9 月 9 日　　出生在豫西

镇平县七里庄一个贫困的农民家里

深厚黄土地农民的情感　哺育了将军正直善良的心地

少年彭雪枫哀斯民之倒悬　上下求索救国之真理

学生时代参加中国共产党　随即辍学跨战马赴戎机

从江西苏区到雪山草地　从黄河渡口誓师到雄踞淮北

长征虎将闻名遐迩　泽被江淮功垂祖国　英勇无比

你通晓兵法深究历史　运筹帷幄是一名卓越的军事家

你关注民生爱护士兵　刚直果敢激情四射文武兼备

胜利即将在望你出师未捷身先死长使英雄泪沾襟

你气壮山河的英雄事迹永远活在人们的心里

注：牺牲时任国民革命军陆军新编第四军第四师师长兼政治委员。

赵　一　曼(注)

誓志为人不为家　跨江渡海走天涯

男儿若是全都好　女子缘何分外差

未惜头颅新故国　甘将热血沃中华

白山黑水除敌寇　笑看旌旗红似花

——赵一曼《滨江述怀》

赵一曼出生四川宜宾市一个殷实的封建地主家庭

自小天性不羁向往自由　冲出封建家庭的牢笼
在学校追求真理阅读进步书籍　积极参加学生运动
带头剪短发向封建旧礼俗挑战　被宜宾女子中学除名
她加入中国共产党壮志济苍生　何惜女儿身
领导发动宜宾市反帝反封建爱国的示威游行
党组织送她到中央军事武汉分校学习深造
赵一曼背叛家庭从此走上革命的戎马征程
在莫斯科中山大学学习时和同学陈达邦结为伴侣
回国后在上海南昌做党的地下工作机智英勇
为了革命工作　抛却亲情把孩子寄送亲戚抚养
九一八事变身负重任　到奉天哈尔滨领导工人大罢工
领导抗日游击队　击溃消灭日伪军五千多人
显示了挎双枪骑白马"密林女王"的军事才能
赵一曼在艰难的岁月率领抗联二团留在根据地
亲切和蔼的女政委受到战士爱戴和尊敬
与日寇战斗中　赵一曼为了掩护同志手腕受伤
养伤时特务告密　腿被打断昏倒在地　落入敌人手中
敌人为了获得抗联机密　把赵一曼押到哈尔滨的监狱
宪兵队严刑拷打　对一个女共产党员用尽所有酷刑
电击 老虎凳 夹手指 拔脚趾 拔牙齿　丧失人性
铁可折玉可碎　巾帼英雄不畏义死 不荣幸生
一个共产党员不论穷达生死　直节贯殊途的悲壮气概
再残暴的屠夫再残酷的刑具也是黔驴技穷
赵一曼生命垂危　敌人为了得到口供　送医院实施抢救

她的英雄事迹坚强信念　赢得看守和护士的同情
三个人经过精心策划　坐上马车一同逃离虎口
距抗日游击区仅有二十余里　遇到敌人追捕的宪兵
刽子手用极其残酷的电刑　慢慢折磨着赵一曼
不信击不垮她的反日意志　看她还姓不姓共
赵一曼用钢铁般意志　再一次挺住敌人的残酷折磨
用一个女人的血肉之躯英雄气概　让敌人目呆神惊
敌人用尽一切手段无可奈何　最后把赵一曼押赴刑场
女英雄高呼打倒日本帝国主义　白山黑水也为之动容
临刑前赵一曼给远在数千里的儿子写了一封信
催人泪下的言辞　母亲为国牺牲　死而无憾死亦光荣
赵一曼烈士英雄事迹　永远鼓舞着新中国的青年一代
人们永远怀念这位可歌可泣的抗日女英雄

注：牺牲时任东北人民革命军第三军第二团政委。

杨　靖　宇^{〔注〕}

同志快来　高高举起胜利的红旗
拼着热血　誓必打倒日本帝国主义
铁骑纵横　满洲军队　已有十万大军
万众蜂起　勇敢杀敌　祖国收复矣

　　　　　　　——杨靖宇《西征胜利歌》

天上的皓月洒着冰冷的白光　东北大地千里冰封万山莽莽

1940 年中国的元宵节　有几家是红灯高挂笙管悠扬
从东北的白山黑水到咆哮的黄河　再到呜咽的长江
处处是日寇的血腥屠杀　处处是抗日烽火的战场
东风有情吹战骨 残阳何意照空城　是华夏大地的缩影
朔风吹雪透刀瘢 饮马长城窟更寒　是抗战将士悲壮的绝唱
在东北一片深山老林里　一个抗联战士靠在一棵大树上
他是抗联第一路军总司令杨靖宇　心事重重望着月亮
敌人一百多天的追捕围截只剩下英雄一人一枪
有的战士壮烈牺牲　有人叛变投敌　有人在战斗中失散
他昼伏夜出跋山涉水和敌人经过无数次较量
他患有重感冒和严重的冻伤　身体极其脆弱
以雪解渴以棉絮充饥　整整五天肚子里没进半粒食粮
他思考抗日大局　分析失散战士的踪迹和去向
他痛恨叛徒出卖祖国出卖民族　给抗联造成重大伤亡
杨靖宇　出生河南确山县一个贫苦农民的家
苦水泡大的杨靖宇和农民的情感　似高山如海洋
十七岁和张君结婚生了男孩女孩共一双
如今家乡已被日寇占领　他们母子是否安康
男儿有泪不轻弹　杨靖宇禁不住洒下滚滚泪两行
为了赶走日本鬼　大丈夫志在秣马厉兵着戎装
月亮弯弯照九州　处处都是亡国亡种血泪交织流
朔风猎猎吹战衣　何日方能跨马捣东瀛歼恶狼
元宵节第二天　敌人的特务在密林发现杨靖宇
汉奸脸上露出狞笑跑到司令部报信领赏

日酋组织了二百名日伪军把英雄层层包围

杨靖宇像燕子飞跃而起　飞过一道道山梁

他迅速打开挎包　烧毁所有军事机密文件

提起双枪和日伪军摆开战场　互相射击毫不惊慌

敌人像铁桶围了过来　高喊杨靖宇缴械投降

杨靖宇瞄准敌人　咬牙切齿怒火万丈　一梭子弹打过去

六个日伪军头部开了花　脑浆流黑血溅应声把命丧

一对二百人的对垒战打了将近一个多小时

日本人担心夜幕降临　杨靖宇会和他们捉迷藏

敌人找来一个出身猎户的叛徒张奚若

四颗罪恶子弹射进杨靖宇英雄的胸膛

杨靖宇缓缓倒在他日夜战斗杀敌的黑土地

手里紧握着二十响匣子枪　国恨未雪喋血卧沙场

百天的围剿 恶劣的环境 饥饿的折磨 严寒的侵袭

杨靖宇矫健如飞英勇作战　精神抖擞意志坚强

敌人为了解开这个生命奇迹　剖开英雄的胸腹

草根树皮棉絮填满了肠胃　日本人对英雄叹服敬仰

日军关东军总司令看着如此坚强的抗联司令员

由衷地发出感叹小小的"满洲国"大大的杨靖宇

一个杨靖宇倒下去　无数个杨靖宇冲上来

几千里江山抗日的熊熊烈火　越烧越旺

注：牺牲时任东北抗日联军第一路军总司令兼政委。

赵尚志[注]

风打麦波千层浪　雁送征人一段愁

——赵尚志

266

你一生坎坷不平　为革命几度风雨几度蒙冤
你的革命决心矢志不移　几经锤炼志纯意坚
为信仰两次被捕在监狱受尽酷刑折磨
九一八事变出了狱　立即投身抗日烽火的前线
你号召东北人民团结起来　开辟抗日根据地
回到哈尔滨　组织几方力量　打一场哈尔滨保卫战
你组织参加巴彦游击队打击日本侵略者
日军围剿　地主武装袭击　游击队被击败打散
中共满洲省委开除你的党籍　蒙受不白之耻
抗日信念不动摇　你仍然冲锋陷阵走在前
你成立珠河反日游击队　十三名战士庄严宣誓
收回失地　枪林弹雨万死不辞　誓为东北同胞三千万
赵尚志提出爱民抗日的三个条件　联合各路抗日力量
抗日义勇军频繁作战　日寇汉奸终日惶惶惊恐不安
你在抗日根据地组织群众学习红色的延安
发动群众建立兵工厂被服厂印刷厂和医院
根据地军民团结抗日　开展轰轰烈烈的大生产
你在根据地没收卖国贼的土地　分给穷苦农民
敌人哀叹珠河地区宛然变成了红色地盘

1935 年赵尚志任东北革命军军长兼第一师师长

领导抗日人民军奋勇杀敌 战斗在松花江两岸

第二年你亲自创建北满抗日联军总司令部

纵马驰骋以血磨刀 身经百战不歼倭寇誓不还

在珠汤联席会议上 你提出团结一切抗日的力量

汉奸是万恶不赦的敌人 抗战要胜利必须打倭寇灭伪满

远征黑嫩平原纵横数千里 战果赫赫敌人闻风丧胆

你紧密配合全国抗战 产生的积极影响功绩卓然

中共北满临时省委派赵尚志到苏联寻找党组织

到了苏联即被关押审察 不明不白蒙冤受屈近两年

回国后你不计前嫌 随即恢复了游击区的抗日战斗

又一次受到党内警告处分 无奈再次去了苏联

北满省委做出永远开除赵尚志党籍的错误决定

英雄泪洒异乡 祸起萧墙胜过敌我斗争的凶残

1941 年秋 赵尚志带领五个人的小分队回到东北

为国家为民族 志士不忘在沟壑 勇士不忘丧其元

一个黑色的二月 叛徒的出卖 赵尚志受伤被俘

死得其所 英雄视死如归的壮举让敌人惊叹

凶狠的敌人割下赵尚志的头 用飞机运到长春

野火烧不尽 春风吹又生 抗日烈火遍地熊熊燃

从马夫到参谋长 从十三人的游击队到北满抗联总司令

北国雄师横刀立马 旌旗生风壮志凌云 日寇闻风丧胆

注：牺牲时任东北抗日联军第三军军长，第二路军副总指挥。

267

八女投江^(注)

牡丹江头　战火激浪花　拼将敌挫
娇女阵前歼倭寇　今日木兰犹多
水影乍动　心下焦焚　再冲上山坡
八女英姿　崖壁枪声起落
怒视敌围重重　弹尽枪空　此际该如何
誓决不做缧绁鬼　携手踏入清波

——陈雷《祭冷云》

深秋　乌斯浑河的夜晚　北风吹过　凉意透着微寒
沿岸架起十几堆篝火　百十个抗联战士围着篝火取暖
八个女战士围在一起　你我相依思绪无限绵绵
半年来无休止的恶战　长途行军的劳累精神极度疲倦
她们穿行在深山老林　雪地冰窖　忍饥挨饿　风餐露宿
篝火映照着八个女战士消瘦的脸庞　破烂的衣衫
十三岁的王惠民把两只枯瘦的小手伸在冷云的怀里
睡梦中赶走日寇收回失地　回到家乡红旗漫卷
二十三岁的团指导员冷云　双手托着头凝目问青天
不尽的思绪像乌斯浑河　滚滚的流水流呀流不完
几个月随军西征　翻山越岭历尽千辛万苦
许多同志在战斗中壮烈牺牲　只剩下八名妇女团
日本残酷讨伐　叛徒出卖　抗日联军处境极度困难
穿梭在雪原林海崇山峻岭　东北抗联面临严峻考验

冷云望着七个姐妹　想孩子想家乡泪珠儿洒湿衣衫

本来说女孩子随丈夫　男耕女织有一个幸福家园

日本人九一八侵占我东北　烧我家园　杀我父母兄弟

南京政府下令要攘外必先安内　断送了三千里锦绣江山

国家兴亡匹夫有责　国亡岂能有家　家破岂能人在

红颜不让须眉　扯旗从军报国行赴难　古来皆共然

夜深了　战士渐渐入睡　篝火把河两岸照得通红

篝火给战士们送来温暖　又给战士带来了灾难

大特务葛海禄发现篝火　引来日本守备队

敌人包围了乌斯浑河　向抗联战士发动猛烈攻击战

冷云指挥七位女战士用枪声引来敌军的追捕

掩护大队向西突围　向敌人射出仇恨的子弹

敌人集中兵力步步进逼　把八位女战士层层包围

女战士用短枪手榴弹　打得日伪军人仰马翻

子弹打光了　敌人穷凶极恶　嗷嗷吼叫着围了上来

冷云斩钉截铁说　共产党员决不能做俘虏　我们是抗联

八个女英雄手挽手高唱国际歌　向滚滚河流中走去

敌人一排排子弹一颗颗炮弹落在女战士的身边

血色的浪花卷起怒涛　向着天穹愤怒吼叫

八女投江惊心动魄的画面　永远定格在黑水白山

269

注：1938 年，东北抗联第五军所在部队行至黑龙江乌苏浑河边，
　　被日伪军包围。为了掩护大部队撤退，冷云和杨贵珍等八名
　　女战士和敌人展开激烈战斗，弹尽粮绝后，八名抗联女战士
　　一起投江殉国。

马 本 斋^(注)

率大军 抗日寇　　远近播英明　冀鲁豫山河增色
奉教义 承母志　　生死矢忠贞　伊斯兰健儿典型

——林伯渠 李富春

冀鲁豫抗日根据地活跃着一支八路军抗日回民支队
司令马本斋坚持平原游击战　东拼西杀狠狠打击日本鬼
冀中平原人民赞誉回民支队是打不垮拖不烂的铁军
纵横驰骋神出鬼没让日寇常常顾首难以顾尾
卢沟桥七七事变日军血洗了马本斋的家乡东辛庄
大哥被杀害　　国仇家恨燃在心 竖旗抗日誓灭倭贼
从抗日回民义勇军到八路军回民支队走上了革命道路
在共产党领导下懂得了革命队伍的目的为了谁
百战百胜的回民支队　　日本侵略者对其恨之入骨
采取各种手段进行破坏　　企图把回民支队摧毁
一个漆黑的夜晚　　日寇用枪托请走了马本斋的母亲
花言巧语威胁利诱　　让老人劝儿子脱离"共匪"
马母坚贞不屈痛斥日寇屠杀中国人民的累累罪行
日寇气急败坏杀害了马母　　碧血染红大地上的紫薇
马母临死前望着儿子战斗的方向大声说
赶走东洋鬼　　勿忘到母亲墓前以三杯米酒告慰
马本斋听到母亲被日本军杀害的消息　　肝胆俱裂

跪在地上 举起战刀 儿承母志誓歼敌寇 来年坟前报春晖

马本斋以牛刀子剜心的战术 对付敌人的蚕食政策

先攻心脏再扫外围两面攻击截断敌人的后退

八年烽火路 九万里马啸长天 坐断燕地战未休

沙场拼杀近千回 刀斩四万倭奴首 抗日史册立丰碑

马本斋南征北战二十载忧愤攻心积劳成疾

回民支队奉命调往延安 胜利在望 一代豪杰英魂西坠

注：牺牲时任国民革命军第八路军冀鲁豫军区第三军分区司令员
　　兼回民支队司令员。

许 如 梅^(注)

五指山上椰子林 天涯海角燃起抗日的烽火

战场上有许多南国女性战死疆场以身殉国

有饱受人间痛苦的农村妇女 有漂洋过海的女侨胞

有背叛族权家权的妇女 有投笔从戎共产主义的信仰者

许如梅生长在海南岛 中学毕业后准备到广州求学

日本铁蹄践踏了家园 求学美梦被战争打破

热血沸腾的许如梅 参加了抗日独立队随军服务团

爱国激情 出众才华 得到领导和同志的认可

为了粉碎日寇"扫荡" 许如梅奔走于乡村田野

发动群众清除汉奸 摧毁敌人交通烧毁敌人碉堡

一个夜晚 许如梅和群众被偷袭的鬼子赶到村边大树下

惨无人道的大屠杀 村里村外尸体遍野血流成河

海风吹醒许如梅　她摸摸身上腿部受的伤
强忍剧痛　艰难爬行　周围尸横遍野　血流成河
血淋淋的许如梅被一个好心老大娘救回家
养好伤又回到独立队负责部队的医务所
她把对日寇的仇恨倾注在平时的医务工作上
抢救伤员　精心护理　冲锋陷阵在硝烟战火
在一次突围中　许如梅受伤被日寇汉奸俘虏
严刑审讯　许如梅坚贞不屈　以无声对抗恶魔
禽兽撕光她的衣服　用屠刀在她身上任意宰割
实施了对女人最残暴的凌辱　日寇犯下天地诛之的罪过
南海卷起万丈狂涛　为许如梅受的奇辱而怒吼
这就是天皇的"王道"　从古至今人间没有见过的妖魔

注：牺牲时任中共琼崖抗日独立大队第一医疗所指导员。

汉　奸

汉奸的话题

汉奸二字不知道在中国什么朝代开始出现
每当国家危难民族存亡就会出现大大小小的汉奸
从古至今汉奸是国家的毒瘤　民族的败类
比敌人凶残百倍　对人民危害极大　极端凶险
不管是我们还是敌人视汉奸都是嗤之以鼻
汉奸的下场从来是自食其果不齿于人类
从九一八到抗战胜利　中国经历了十四年艰难岁月
捐躯殉国投敌叛国两层人格泾渭分明两条战线
伪蒙伪满伪南京政府　它们公开背叛了中华民族
充当日本政府扶植的三个傀儡反动伪政权
庞大的伪军三百万　这个数字让今人难以置信
伪军充当日本的走狗　屠杀自己的同胞　践踏自己的家园
对日寇摇尾乞怜对同胞狠毒凶残　是汉奸的本性
不认祖宗只认权势金钱　是汉奸的信条誓言

电视电影中那些大板牙大黄牙大金牙大黑牙
一个个卖国求荣奴颜婢膝不知羞耻的嘴脸
心毒面善 点头哈腰 见风使舵 投机取巧
汉奸当面是鬼背后是魔天生具有的无耻手段
让我们剥开溥仪汪精卫这些汉奸的画皮
他们的心为什么比蛇蝎还要毒　骨头为什么比稀泥软

溥　仪^(注)

是否因为你是中国末代皇帝　有的汉奸谱上没有你
我今天写汉奸第一笔　就是伪满国的康德皇帝溥仪
你列祖列宗也曾南征北战强大无比　是中华民族的骄傲
你列祖列宗也曾腐败无能奴颜婢膝　出卖祖国求苟安
给中华民族烙上一个又一个深深耻辱的印记
辛亥革命推翻腐朽的清政府这是历史发展的必然
从皇帝贬为庶民　亦是三十年河东三十年河西
皇权旁落　你每天都在做复辟帝王的美梦
怎奈无兵无卒　只能享受遗老遗少的朝拜大礼
日本灭亡中国的第一步棋　要成立伪满洲国
日军溥仪臭味相投一拍即合　达成秘密协议
土肥原潜伏天津　蓄意制造天津恶性事件
从静园偷运出溥仪　乘轮船到东北达到卑鄙目的
1932 年 3 月 9 日溥仪到长春　就任伪满洲国执政
1934 年 3 月 1 日改大同为康德　复辟了帝制

七系九一八

日本和伪满政府签订了卖国的《日满议定书》
溥仪屈辱卖国　东三省从此沦为日本的殖民地
伪满政府帮助日本在东北推行卖国奴化教育
日本大肆进行经济掠夺　伪满政府积极为主子效力
十三年伪满政府的屠刀不知道屠杀了多少抗日战士
暗无天日的残暴统治　有多少家破人亡子散妻离
大小汉奸为了金钱为了权力不知道毁过多少抗日大业
杨靖宇赵尚志赵一曼无数英雄壮士死在汉奸的手里
中国人帮助日本人屠杀中国人　竟然说是维护"王道"剿匪
十三年伪满政府　为日本侵华提供了多少人力和财力
假使没有伪满政府把东北作为日本侵华的后方基地
日军能否在华北在中原在南国势如破竹所向披靡
溥仪为复辟帝位竟然置国家民族利益而不顾
卖国罪行罄竹难书　作恶多端多行不义必自毙
十三年的伪满洲国在抗日战争胜利欢呼声中土崩瓦解
溥仪也成了历史上的跳梁小丑　汉奸永远让人唾弃

注：清朝末代皇帝，后在日本帝国的扶持下，就任伪满洲国皇帝。

汪　精　卫^(注)

你也曾侠肝义胆热血沸腾　挥斥方遒粪土当年万户侯
你也曾为推翻腐败的清政府赴汤蹈火誓把壮志酬
你当年高唱风萧萧兮易水寒　壮士一去兮不复还
舍生赴死刺杀摄政王　壮志未酬身先做楚囚

对着死亡你放声大笑　挥笔《被逮口占》诗五首
慷慨歌燕市 从容做楚囚 引刀成一快 不负少年头
这时的汪精卫在他人生思想境界已经到了制高点
特殊监狱温馨的香风　让他慢慢低下高昂的头颅
抗日战争爆发　汪精卫也曾担任国民党副总裁要职
对抗日战争悲观失望　宣扬投降日本中国才有出路
1938 年汪精卫携爱妻　从重庆偷偷逃到越南河内
抛出臭名昭著的卖国艳电　国之将诛民之共怒
为权力不惜出卖祖国　从上海回到南京
出任伪国民政府主席要职　彻底做了日本的走狗
汪精卫极力鼓吹日本的和平为善与邻友好
要和日本联合对付中国共产党　中国才能自救
蒋介石对自己的同僚公开投敌恨得咬牙切齿
永远开除其出党　发誓铲除国民党内这一恶性毒瘤
汪精卫在南京东拼西凑　建立了一支效忠天皇的伪军
拿起屠刀残杀自己的同胞　形如猪狗不如禽兽
不到六年的汉奸生涯　劣迹斑斑罪恶累累馨竹难书臭名昭著
天不藏奸 地不容佞　枪伤复发头上生疮脚底流脓
1944 年中国头号汉奸汪精卫在日本名古屋了却残生
日本人把豢养的走狗葬在南京的梅花山麓
陈璧君自知汉奸丈夫的尸体难免后人开棺鞭尸
五吨重钢铁浇铸成厚厚的墓壳　又硬又臭
抗日战争胜利后　蒋介石命令部下炸开汪的墓冢
尸体送进火葬场　骨灰飞飞扬扬　故土也弃之不收

从南宋秦桧到汪精卫　时空跨越将近一千年
无数汉奸卖国求荣的可耻行径　给民族蒙上了深深的耻辱

注：曾任国民党副总裁，国防最高会议副主席，投日后出任伪中
　　央政治委员会主席，伪国民政府主席。

陈 公 博（注）

你也曾信仰共产主义　1921年最早加入中国共产党
或许你内心入党的目的不是为了国家复兴民族解放
两年后你自动脱党　赴美国哥伦比亚大学攻读硕士学位
回到广州在国民党的党史上　也曾经有过一段辉煌
九一八事变爆发　你对日本帝国主义的入侵非常愤慨
送给十九路军一百零八捆手榴弹　表示对英雄将士的支持和敬仰
北上慰问前线部队　残酷的战争场面吓破你的胆
回到南京在主战主和的十字路口徘徊彷徨
投日叛国　陈公博一直顾虑重重举棋不定
逃到香港侍奉老母　埋头编著《苦笑录》苦度时光
陈公博最终经不住汪精卫陈璧君夫妻二人的利诱和劝说
向汉奸之路迈出罪恶的一步　跟着汪精卫效忠天皇
陈公博大肆鼓吹只有走中日亲善的道路才能救中国
到东京拜见天皇　忘掉自己是炎黄子孙 忘掉爹娘
陈公博为了日本的利益　为了伪国民政府苟延残喘
效忠天皇效忠汪伪政府　可算是绞尽脑汁想尽良方
汪精卫病死后　陈公博坚持只做代伪国民政府主席

极力讨好蒋介石　为了伪政权灭亡后有个较好的下场
抗战胜利后陈公博领着随从坐飞机仓皇逃往日本
隐居京都的金阁寺　坐卧不宁如丧家之犬整日惶惶
陈公博料到自己劫数难逃　拔出手枪企图饮弹自杀
李励庄夺下手枪　陈公博只盼着早早见到阎王
日本人借此发布一条新闻　陈公博开枪自杀身亡
企图逃脱中国政府的审判惩罚　永远在日本匿藏
中国政府戳破日本人的阴谋　把陈公博押解回国
法庭判处死刑　邪恶得到惩罚　正义得到伸张
陈公博至死也不能醒悟　还在忠于日本和汪精卫
两件御赐品　钢笔和旭日大绶章与他一起殉葬
同牢的汉奸有的号啕大哭　有的四目相对 兔死狐悲
临刑前他竟还告诫蒋介石　我们最大的敌人是中国共产党
一个背叛民族背叛祖国的汉奸　在枪声中结束了罪恶的生涯
尽管是污血垢体　宽容的故土啊　还是把这逆子原谅

注：1921 年出席中国共产党第一次全国代表大会，两年后脱党，
　　后任国民党中央农民部部长等职。投日后任伪国民政府立法
　　院院长，伪上海市市长等职。

张　景　惠[注]

伪满国的朝政大臣都把张景惠称为好好先生
凡事好好从来都是奴才 庸才 蠢材三者联合体的本性
好好先生十年对日本奉行的宗旨是要啥给啥

嘴唇轻轻一动　　献媚的一句话不知道害了多少生命
七七事变日本把东北作为扩大侵略战争的后方基地
张景惠是日寇得心应手的供给部长　对天皇忠心耿耿
总理大臣推行粮谷出荷　大肆掠夺农民的粮食运往日本
东北人民食不果腹衣不遮体　饥殍遍野民不聊生
张景惠恬不知耻地说　为了日本"圣战""满洲国"子民少吃一点
"满洲馒头协和粥"是总理大臣献媚日本人的发明
张景惠为了满足日本侵华战争对钢铁的需要
制定《金属类回收法》在东北掀起献纳金属的旋风
将一百八十七尊明朝铸的大铜佛全部献给关东军
显示出一帮汉奸集团背叛祖宗的媚日罪行
张景惠执政后　巧立名目加大各种税收税款
日寇侵华战争所需的财源和物资大部分依靠伪满政府
对东北几千万人民十四年的残酷掠夺去提供
日本侵华第一步目的要永久霸占中国的东北
张景惠阿谀奉迎和关东军签订了《满洲拓殖会协定》
二十万户日本移民侵占东北六百五十万公顷土地
失去土地的农民　荒冢无情弃白骨　血阳何意照蒿蓬
张景惠为了满足关东军制定的《北部振兴计划》
随即颁布了《国民勤劳奉公法》大肆掠夺劳工
"满洲国"人大大的有　要多少有多少你们不要顾虑
日本人滥杀无辜制造了无数白骨累累的万人坑
张景惠到东京导演了一场旷世未有的拜父丑剧
日本是父亲伪满洲国是儿子　心甘情愿出卖老祖宗

279

张景惠虽然是只念过一年私塾的豆腐倌　没有一点文化
他却光着头顶　嘴上抹油　绿豆大的眼睛闪烁出一丝精灵
对日本人忠诚可嘉　俯首帖耳要啥给啥源源不断
其目的希望日本人对他给啥要啥　财源茂盛官运亨通
日本失败伪满洲国垮台　奴才随主子而覆灭
张景惠吟着佛经　故作态度超然　在监狱中了却残生

注：任伪满洲国国务总理大臣等职，日本称其为得心应手的供给
　　部长。

王　连　举^(注)

舞台上的你是中分头　一脸苦相　走起路腰微微向下弯
说话吞吞吐吐行为鬼鬼祟祟　声调就像哀鸣的秋蝉
有人把你叫叛徒　有人把你叫汉奸　汉奸叛徒都是一丘之貉
投敌叛国卖国求荣是你人生彻头彻尾的奴才信念
你贪生怕死　在敌人皮鞭下出卖组织出卖战友
闯过枪林弹雨　闯不过风情万种的美女红颜
为了捡一条狗命　你不怕牺牲一个团一个师一个军
为了得到一点封赏　你跪在日本人面前骂自己的祖先
你的处世哲学是光棍不吃眼前亏　见风使舵
你的行动指南　是不要祖国不要良心死不要脸
舞台上那些大大小小的汉奸　面目狰狞　心似蛇蝎
在自己的同胞面前耀武扬威恶狠无比　一副妖魔嘴脸
影视中那些日本人的走狗　点头哈腰　嬉皮笑脸

在主子面前奴颜婢膝 唯唯诺诺 献媚取宠　摇尾乞怜
你是国家民族肌体上一颗最恶毒的肿瘤
反思十四年的抗战史　恨日之深不如恨走狗之切
侵华战争中的狼与狈是凶恶的日寇和祸国殃民的汉奸

注：京剧《红灯记》中出卖李玉和的叛徒。

周　作　人^(注)

臧晖先生昨夜做了一个梦　梦见苦雨庵中吃茶的老僧
忽然放下茶盅出门去　飘然一杖天南行
天南万里岂不太辛苦　只为智者识得重与轻
梦醒我自披衣开窗坐　有谁知我此时一点相思情

——胡适

这是胡适 1938 年在英国给周作人寄的一封规劝友人的信
周作人任凭风浪起稳坐钓鱼船　苦雨庵中悠然度光阴
一颗子弹击碎吃茶僧强作汉苏武牧羊的逸情苦志
一只脚踩进汉奸的浑水中　已经身不由己情不自禁
1940 年 12 月　周作人荣升为汪伪政府国府委员等要职
背叛了中国传统文化的核心　忠孝仁义全部沦丧尽
到处宣扬善邻友好 经济提携　美化日本的"大东亚共荣圈"
竟然去日本看望侵华日军伤病员　并给予物资捐赠慰问
到东北拜见溥仪　参加伪满帝国十周年的庆典
为日本侵略东北的罪行 为溥仪的卖国　发表美化宣传言论

为了配合日本对中国青少年实行长期奴化教育
在统监部成立大会上　做了《统一意志发挥力量》的部训
周作人穿着日本军服 戴着日本军帽　在国人面前晃来晃去
暴露出一副活脱脱文化汉奸的面孔　行径如一个文痞恶棍
抗战前夕在《岳飞与秦桧》一文中否定岳飞为忠义之臣
在《瓜豆集·再谈油炸鬼》中吹捧主和降金的秦桧
周作人居然嘲讽文天祥殉国无有一点可学之处
不希望中国再出现文天祥　给国家带来滚滚烟云
本来你有卓绝才华　用犀利的笔锋鞭笞日本侵略者
为了得体地活着　认贼作父　丧失一个文化人起码的良心
老舍茅盾丁玲等十八位文化人发表了致周作人的一封信
希望你幡然悔悟　离开北平南下参加抗战　重新做人
周作人不理不睬我行我素继续与人民为敌
文化旗手鲁迅在地下也为汉奸弟弟感到羞愤

注：七七事变后留居北京，投降日本，出任伪华北教育总署督
　　办，南京汪精卫国民政府委员等职。

抗日战争的反思

九一八耻辱的符号已经过去将近八十五年
抗日战争的烽火早已偃旗息鼓烟消云散
十四年的国耻 十四年的血腥 让人永远不能忘却
国人永远记住有史以来日本侵华战争带来最大的祸患
十四年抗日战争 中国付出三千五百万人民的生命
为世界反法西斯的正义战争 做出特殊巨大贡献
抗日战争是中国近代史反侵略战争第一次伟大胜利
抗日战争是国共两党领导众志成城的全民抗战
尽管国民党有过同室操戈豆萁相煎不光彩的岁月
国难当头我们捐弃前嫌同仇敌忾共赴国难
大难兴邦体现了国兴我兴 国亡我亡的道义
共御外侮显示了中华民族团结就是力量的坚强信念
抗日战争的胜利团结凝聚了中华民族的智慧和力量
抗日战争的胜利是中华民族走向中华复兴的起点

我从小的记忆里日本人大多数都热爱和平
这是我们平时对外讲话的论调 媒体也是这样宣传

也可能我们对抗日战争历史知道得太少
只知道屠杀中国人民的是鬼子小队长龟田 鸠山
随着时间的推移抗日战争的历史逐渐呈现在国人的视野
还原历史认识历史审视历史　思考昨天今天和明天
日本战前的教科书教育学生要为天皇英勇献身
九一八事变日本全岛狂热　新闻狂妄叫嚣　支持这场"圣战"
"王道"武士道是日本人侵华战争的精神支柱
把侵略粉饰为解放亚洲 这是天皇和他的忠实子民的诡辩
日本投降之日　天皇广场掀起自杀的巨大狂潮
有多少"王道"捍卫者剖腹自杀　有多少赳赳武夫焚身自燃
为国捐躯是世界每个民族忠于国家英雄壮士的本色
为侵略而亡命 为强权而献身　轻于鸿毛不值一文钱
日本人早已忘记美国的两颗原子弹给长崎广岛带来的灭顶之灾
更无人谈起十四年侵华战争　毁了中国多少美好家园
他们吹捧的战犯　在中国所犯罪行人神共愤天地不容
给中国给世界给人类带来无法估量的灾难
日本政界要人参拜靖国神社　军国主义之野心昭然若揭
甲级战犯的牌位被合祀在神社　享受右翼势力的祭奠
神社陈列着各种自杀武器　向日本人民展示屠夫的壮举
怀念侵略　怀念杀人狂　怀念暴力　怀念血淋淋的刀和剑

我不厌其烦讲述日本侵华战争的罪恶历史
常常回顾这场侵华战争给中国人民带来的灾难
并不是想让民族仇恨无限加深与蔓延

为了唤起国人正视这段血泪历史忘记历史意味着背叛
我们应该清楚意识到日本军国主义正在渐渐复活
20世纪90年代日本军费长期列为世界第二　遥遥领先
名为自卫队的武装部队　组织精悍装备先进
由本土防守到海上击破　一步一步纵深发展
钓鱼岛自古以来就是中国的国土　有历史鉴证
日本政府却颠倒黑白百般狡赖企图长期霸占
右翼势力对二战给人类带来毁灭的灾难从来没有深刻去反省
对侵华战争中犯下的罪行从来没有公开道歉
军国主义时时还做着"大东亚共荣圈"的美梦
军国主义时时还想着"王道乐土"在亚洲重建
一衣带水的邻邦　你是否想到我们对你的宽容与饶恕
国人啊　你是否想到农夫被蛇咬的前车之鉴
有良知的民族 振兴的民族　永远不会忘记民族的耻辱
只有懂得过去的历史　才能珍惜幸福的今天
一个战败国经济如此迅速发展　国力如此强悍
我们不能不掩卷沉思　找出这个民族发展之根源
我们要牢牢记住　国耻在心 重任在肩 目标在前
民族复兴方能捍卫和平　民富国强为世界和平做出贡献

2015年11月22日定稿于合阳天下斋

主要参考书目

中国中央党史研究室第一编辑部编著，王秀鑫、李德宏主编：《中华民族抗日战争史》，中国党史出版社，2006 年出版。

军事科学院、军事历史研究部著：《中国抗日战争史》全三册，解放军出版社，2006 年出版。

《中国抗日战争史》编写组：《中国抗日战争史》，人民出版社，2011 年出版。

王晓华、戚厚杰主编：《抗日战争正面战场档案全纪录》全三册，团结出版社，2011 年出版。

胡锦昌、叶健君、黄启昌主编：《中国抗日战争年度焦点》全三册，湖南人民出版社，2005 年出版。

李继锋著：《从沉沦到荣光》，远方出版社，2008 年出版。

黄勇、余吉著：《悲歌三湘——湖南五次会战》，武汉大学出版社，2010 年出版。

戴峰著：《血肉磨坊——淞沪会战》，武汉大学出版社，2009 年出版。

张瑞强著：《"九一八"事变史略》，辽宁大学出版社，2009

年出版。

方知今著：《中国远征军》全二册，江西教育出版社，2009年出版。

刘小童著：《驼峰航线》，广西师范大学出版社，2010年出版。

师永刚、刘琼雄著：《国人到此低头致敬》，新星出版社，2008年出版。

时晓明编著：《在国歌诞生的年代》，同心出版社，2010年出版。

梅桑榆著：《花园口1938》，二十一世纪出版社，2013年出版。

中国人民抗日战争纪念馆编：《百姓抗战故事》，北京出版社，2009年出版。

雷锋、曹柯、谢岳雄著：《南粤之剑》，解放军文艺出版社，1995年出版。

刘春明编著：《五三祭》，济南出版社，2007年出版。

公安部档案馆编：《史证》，中国人民公安大学出版社，2005年出版。

主编刘景山、执行主编左录：《侵华日军大屠杀暴行》，人民日报出版社，2005年出版。

中央档案馆、中国第二历史档案馆、吉林省社会科学院合编：《南京大屠杀图证》，吉林人民出版社，1995年出版。

杨一民著：《黄河在咆哮》，蓝天出版社，2010年出版。

郭景兴，蒋亚娴著：《"七七"事变追忆》，人民出版社，

2007 年出版。

陈悦著：《沉没的甲午》，凤凰出版社，2012 年出版。

鸿鸣著：《甲午海战》，中国文史出版社，2012 年出版。

佟静著：《抗战中的宋美龄》，华文出版社，2006 年出版。

胡绳著：《从鸦片战争到五四运动》上下册，湖南文艺出版社，2012 年出版。

刘革学著：《中国远征军大结局》，湖北人民出版社，2010 年出版。

〔美〕张纯如著，杨夏鸣译：《南京浩劫》，东方出版社，2007 年出版。

宗泽亚著：《清日战争》，世界图书出版公司北京公司，2012 年出版。

萨苏著：《国破山河在》，山东画报出版社，2009 年出版。

李刚著：《铁血中日》，珠海出版社，2010 年出版。

樊建川编著：《兵火》，解放军文艺出版社，2008 年出版。

刘增杰选释：《抗战诗歌》，河南大学出版社，2005 年出版。

〔美〕肯尼斯，加尔布雷著，王宏林编译：《日落东瀛》，安徽文艺出版社，2011 年出版。

张正隆著：《日之殇》，长江文艺出版社，2002 年出版。

萨苏著：《突破缅北的鹰》，文汇出版社，2012 年出版。

沈弘编译：《抗战现场》，中国社会科学出版社，2005 年出版。

章东磐主编：《国家记忆》，山西人民出版社，2010 年出版。

雪儿简思著：《大东亚的沉没》，中华书局，2008 年出版。

侵华日军七三一部队罪证陈列馆、侵华日军细菌战与毒气战研究所，金成民等编：《跨国取证"七三一"》，黑龙江人民出版社，2002年出版。

九一八历史博物馆编：《讲解词》，黑龙江人民出版社，2008年出版。

全勇著：《东北抗日联军征战实录》上下册，湖南人民出版社，2005年出版。

共青团黑龙江省委编印：《东北烈士事迹选》，共青团黑龙江省委，1984年出版。

沈醉、徐肇明等著：《汉奸》，中国文史出版社，2010年出版。

〔英〕伊万·谢苗诺夫著，胡海波编译：《决胜东北》，安徽文艺出版社，2011年出版。

中国人民抗日战争纪念馆编：《烽火情怀》，国际文化出版公司，2010年出版。

楚云著：《中日战争内幕全公开》，时事出版社，2010年出版。

中国人民抗日战争纪念馆编：《在抗战馆听讲座》，北京出版社，2010年出版。

张洪涛著：《国殇》，团结出版社，2005年出版。

邓全林编著：《中国战争》，安徽文艺出版社，2009年出版。

化夷著：《抗日巨奸大结局》，珠海出版社，2003年出版。

〔日〕冈崎哲夫著，肖炳龙译，赵连泰校审：《日苏虎头决战秘录》，哈尔滨工业大学出版社，1993年出版。

王云高著：《汪精卫叛国前后》，中国华侨出版公司，1992年出版。

张辅麟著：《汉奸秘闻录》，吉林教育出版社，1990 年出版。

张越主编：《广岛上空的蘑菇云》，外文出版社，2010 年出版。

张越主编：《偷袭珍珠港》，外文出版社，2010 年出版。

赵杰编著：《"九一八"全记录》，万卷出版公司，2005 年出版。

刘晨、乔玲梅主编：《中国抗日将领牺牲录》，团结出版社，2007 年出版。

郭瑞民著：《日落时分》，白山出版社，2011 年出版。

杨迎秋主编：《白山黑水十四年》，辽海出版社，2005 年出版。

魏国英主编：《八路军抗战史陈列解说词》，军事科学出版社，2011 年出版。

刘正林著：《浴火抗战志略》，崇文书局，2009 年出版。

陈廷一著：《第一夫人宋美龄》，东方出版社，2008 年出版。

贾永、李雪红主编：《改变历史的那一刻》，解放军文艺出版社，2007 年出版。

周明著：《喋血孤城 衡阳会战》，武汉大学出版社，2009 年出版。

樊建川编著：《抗俘》，中国对外翻译出版公司，2006 年出版。

周明、王逸之著：《血肉长城 徐州会战》，武汉大学出版社，2010 年出版。

刘涛著：《头等强国》，中国友谊出版公司，2009 年出版。